ひそやかな微熱

きたざわ尋子

13066

角川ルビー文庫

目次

イラスト／陸裕千景子

1

ルームサービスでブランチを摂《と》りながら、樋口皓介《ひぐちこうすけ》は新聞にざっと目を通した。

新宿にある外資系のホテルは、内装に無駄《むだ》がなく、いっそ素っ気ないほどシンプルだ。それを味気ないという者もいるようだが、ホテルで過ごすことを楽しまない皓介のような輩《やから》には、実に快適な空間だと言える。

三十六階のエグゼクティブスイートは、広いリビングルームと二つのベッドルームを有しているが、眠《ねむ》るために使っているのはダブルルームのほうであり、もう一方のツインルームはクローゼットだけを使用している状態だった。

皓介はずいぶん前から、ここで暮らしている。

不動産には興味がないし、ホテル内にオフィスを構えているので、利便性を考えての選択《せんたく》である。

清掃《せいそう》は毎日入るし、電話一本で食事でもクリーニングでも済むので、皓介にとってこれ以上の環境《かんきょう》はないのだ。

今日も、まったくいつもと変わらない朝だった。

起きてすぐにフレッシュジュースだけを口にし、ホテル内のプールで泳いだりスポーツクラブで汗《あせ》を流したりしたあと、食事を頼《たの》んで届くまでの間にシャワーを浴びた。

プレーンオムレツにベーコン、ヨーグルトにサラダ、そしてブリオッシュをコーヒーで胃に流し込む。

食事を楽しむのではなく、活動するために必要なカロリーと栄養素を摂取《せっしゅ》するための行為《こうい》だった。

それから仕上げにサプリメントをいくつか。

新聞を畳《たた》んで、三紙を一つに重ねた。

目新しい記事はない。相変わらず景気が悪くて、大臣の責任がどうの、政策がどうのと、しきりに叫《さけ》ばれているだけだ。

食事を終えると、皓介は仕事のために身支度《みじたく》を調《ととの》えた。

シャツもスーツも、自分にあわせて生地《きじ》から選んで作らせたものだ。長身で肩幅《かたはば》があり、日本人としては規格外に手足の長い皓介の場合、日本の既製《きせい》服ではどうしても身体《からだ》に馴染《なじ》まないのだった。海外有名ブランドの服よりも遥《はる》かに高くついたが、着心地《きごこち》の良さには代えられない。

それに一度そういったものを身に着けてしまったせいで、今さら体格にあう外国製品といえども、既製服は違和《いわ》感ばかりが先に立って、着られなくなってしまった。

ネクタイを選び出し、ふと派手《はで》なものを一本手に取った。

先月まで付き合っていた相手から、去年の誕生日に贈《おく》られたものだ。とても仕事のときには身に着けられない、かといってパーティーの席でもどうか……というような、前衛的な幾何《きか》学模様である。

付き合っていたときは、そんな選び方をした彼女のことも、茶目っ気がある、と受け止めたものだが、今ではとても同じように思えなかった。

手を離《はな》すと、ネクタイは重力に従って落ちていき、そのままダストボックスに消えていった。

別のネクタイを手にしたとき、携帯《けいたい》電話が鳴りだした。

大きめのライティングデスクの上で、充電器《じゅうでんき》に立てられたままの電話が皓介を呼んでいる。

小さく舌打ちをしながら、それでも相手を待たせることなく通話ボタンを押した。

「はい、おはようございます」

寸前に舌打ちしていたことなど微塵《みじん》も感じさせない調子で声を張る。相手が誰《だれ》かは、出る前から表示でわかっていた。

『急にすまないね。どうかな、仕事のほうは』

予想を裏切らない、静かな声が聞こえてきた。

「おかげさまで、何とかやってますよ」

電話を持って鏡の前に移動し、ネクタイを締《し》めながら話を促《うなが》した。

掛《か》けてきた相手の名前は阪崎勲《さかざきいさお》といって、皓介の亡《な》き父親の恩人だ。

父親が仕事で窮地《きゅうち》に陥《おちい》ったときに、手をさしのべてくれた人物であり、その話は子供のころから幾度《いくど》となく聞かされてきたものだった。

それこそ、耳にたこができるほどに。

阪崎さんがいなかったら、今の俺はない。つまり、今のおまえもない。だからいつか恩は返さなくてはいけない。

父親の声を思い出して、皓介は顔をしかめた。

だがその父親は、とうとう恩を返すことができないままに他界した。おかげで、顧客《こきゃく》や遺産と一緒《いっしょ》に、皓介は恩返しまで相続するはめになったのだ。

『まぁ、君のことだから、心配することもないんだろうが……』

「とんでもありません。まだまだ若輩《じゃくはい》者ですからね。阪崎さんに比べたら、ひよっこですよ。なかなか恩返しもできません」

いつもの言葉を口にして、ちらりと腕《うで》の時計で時間を確かめる。

恩返しをしたいと言うのは、皓介と阪崎の間では半ば挨拶《あいさつ》のようなものだった。必要だが、大きな意味はなく、常にさらりと舌に載《の》せ、さらりと耳を通り過ぎていくだけのもの。すでに社交辞令ですらなかった。

だが、今回に限っては違《ちが》っていたのだ。

『それなんだがね、皓介くん。一つ頼みがあるんだよ』

「あ……はい。もちろん、私にできることでしたらなんでも」

戸惑《とまど》いながら発し始めた言葉は、すぐに引き締めて普段《ふだん》の調子に戻《もど》した。本心を見せるつもりはないからだ。

しかしながら、驚《おどろ》いた。阪崎は大層な資産家であり、成功者である。それが証拠《しょうこ》に、皓介の父親以外にも救済した相手はいるようだし、それによって屋台骨が揺《ゆ》らいだ様子もない。まして恩を返すという皓介の言葉を嬉《うれ》しそうに聞きこそすれ、実際にそれを求めようという気配は過去に一度としてなかったのだ。

実際、その必要もないはずだった。

『君にしか頼めないことなんだよ』

「それは光栄ですね」

厄介《やっかい》ごとでなければいいが……と思う。金で片がつけば楽でいいが、阪崎に限ってそれはなさそうな気がした。

『直接、会って頼みたいんだが、時間を取ってもらえるかね？』

「ええ、もちろん。いつがよろしいですか?」

『こちらは、いつでもかまわんよ。早いうちに、君の都合で決めてくれていい』

「わかりました。それでは、調整をしてこちらからまたご連絡《れんらく》差し上げますよ。そうですね、今日の夜にでも」

愛想《あいそ》よく言って、皓介は電話を切った。

思わず溜《た》め息が出た。

まさか、の展開だった。恩を返すうんぬんと口にしながらも、皓介は本当に自分が阪崎に対して何かする日が来るとは思ってもいなかった。

「仕方ないか……」

ネクタイを綺麗《きれい》に締め直し、携帯を置いて、すっかり冷めてしまったコーヒーを喉《のど》に流し込んだ。

阪崎には、皓介自身もいろいろと世話になったのだ。父親の事務所を引き継《つ》ぐときもそうだったし、彼の人脈を頼《たよ》ったこともあった。

まぁ、これで返してしまえるのならば、いいことかもしれない。

親から渡《わた》されて、さらに重くなっていた荷物を下ろしてしまえるのだ。

皓介は支度を調えると、部屋を出てエレベーターに乗った。

同じ建物の中に住居とオフィスがあるのは、出勤時間が要《い》らなくていい。おまけに渋滞《じゅうたい》ともラッシュとも無縁《むえん》だ。雨が降ろうと雪が降ろうと、傘《かさ》もコートも必要ない。今日のような、残暑の厳しい日でも、汗とは無縁でいられるわけだ。

下層階のオフィスに行くと、すでに中には秘書の朝見《あさみ》静香《しずか》がいた。

実際は秘書というより事務員なのだが、本人の希望で対外的には「秘書」ということになっている。

「おはようございます」

「ああ、おはよう」

毎日、皓介よりも遥かに早く出勤する静香は、三つほど年下の二十五歳だ。人からはよく、美人秘書だと羨《うらや》ましがられ、二人きりのオフィスだということで勘《かん》ぐる輩《やから》もいるが、一度としてそういうことはない相手である。

ようするに、お互《たが》いに好みじゃないのだ。

「美容院に行ったのか？」

「よくお気づきで。カレより鋭《するど》いですね」

「髪《かみ》の根本が、昨日までは黒かったからな」

それが今日は明るい茶色になっているというわけだった。

女性としては長身の彼女がヒールのある靴《くつ》を履《は》くと、なかなか彼女の頭頂部を覗《のぞ》ける人間はいなくなる。

皓介は数少ない一人なのだった。

「それで、先ほど井東繊維《いとうせんい》の松田様からお電話がありました。今から外出してしまうので、三時以降にまたあちらからお電話をいただけるそうです」

「わかった」

皓介はデスクに着くとパソコンを立ち上げた。

彼の職業は弁理士と呼ばれるものだ。特許や実用新案などの出願に、依頼《いらい》者の代理で特許庁に行ったりする他《ほか》、審決《しんけつ》取消訴訟《そしょう》の代理、鑑定《かんてい》や契約《けいやく》書の作成などを行っている。皓介の場合は主に企業《きぎょう》が客であり、一般《いっぱん》の「発明家」などとはあまり縁がない。

本来ならば、この年でこういう仕事はできないはずだった。しかしそこは、父親の時代からの繋《つな》がりがものを言い、また、その父親が存命中に、アメリカで皓介が取得したライセンスも箔《はく》を付ける結果となった。

まずまず皓介の人生は順調だと言えた。

もともと母親は皓介が高校生のときに他界し、父親は去年の頭に亡くなったが、それを不幸だと感じたことはなかった。

今となっては、天涯孤独《てんがいこどく》に近い身の上が、自由でいいのではないかとさえ思っている。兄弟はいないし、少ない親戚《しんせき》とも付き合いはないので、余計な干渉《かんしょう》を受けることもない。

仕事も楽しく、かつ順調であり、美人の秘書は有能でストレスにならない。

彼女はいたりいなかったりだが、おおよそ不自由したことはなかった。

派手《はで》すぎず、地味すぎない整った皓介の顔立ちは清潔感があり、知的な印象を見る者に与《あた》える。仕事上でもマイナスではないが、プライベートだと針の振《ふ》れ方が大きくプラスに動くのだった。

切れ長の目は、中身はどうあれクールだと言われているし、高い鼻梁《びりょう》も、引き締まった口元も、スポーツで鍛《きた》えたがっしりとした体格も、常に賛辞を受けている。

あまり相手をかまわないので、付き合いは長続きしないのだが、それは皓介本人が気にしていないので問題視するほどのことではない。

いささか退屈《たいくつ》すぎるくらいだ。もう少し刺激《しげき》があってもいいかとは思いつつも、面倒《めんどう》はごめんだという気持ちも強い。

どちらにしても、阪崎のことは避《さ》けられまい。

(それで「恩」が返せれば、すっきりするさ)

熱いコーヒーを飲みながら、皓介はそう結論づけた。

自分の人生さえも変わることが待ち受けているなんて、そのときはまったく考えもしていなかった。

2

約束の時間まで、あと数分だ。

窓の外を眺《なが》め、そう思う。

(天気がいいな……)

休日の昼は、天気がよければ車を走らせたりもするのだが、ここのところは週末ごとに雨が降っていたので、それもしなかった。

天気の悪い日の運転は嫌《きら》いだ。仕事のときはともかく、プライベートでまで運転しようという気になれない。それでも雪の日よりはマシだった。皓介は、雪の日だけは何があっても運転しないと心に決めているから、たとえ仕事で出る用事があっても、その場合は必ずタクシーを使用している。

時間に遅《おく》れる人ではないから、間もなくドアはノックされるはずだ。

日時を指定したのは皓介だったが、場所は阪崎のほうが指定した。外で会うつもりでいたのだが、向こうが部屋を指定したのだ。

オフィスではなく、部屋のほうで、と。

（どういう理由だ……？）


電話でそう言われたときから、何度となく考えてきたことだった。

人に聞かれたくない話だとしても、ここである必要はない。

あの人は一見すると温厚《おんこう》そうだが、食えない人物だ。無駄《むだ》なことをわざわざする人間でもなかった。

やがて、チャイムが鳴った。

ドアスコープから覗くと確かに阪崎の姿がある。はっきりとは見えないが、もう一人連れがいた。

これは予告済みのことである。

笑《え》みを作って、ドアを開けた。

「お久しぶりです。ようこそいらっしゃいました」

阪崎の前では、あくまで好青年を装《よそお》うことにしている。相手がそれを取り繕《つくろ》ったものだと見《み》抜《ぬ》いていることは承知だったが、地を出す気はまったくなかったし、こちらが知っていてなお態度を崩《くず》さないことも、阪崎はわかっているのだ。

化かし合いのようなものだ。

ただお互いに、今の状態を突《つ》き崩すつもりがないだけである。

「一年ぶりかな」

柔和《にゅうわ》な笑顔は相変わらずだった。彼を品のいい紳士《しんし》と表現するのに、異論を唱える者はまずいないだろう。

年は五十を越《こ》えたあたりだが、実年齢《じつねんれい》よりずっと若々しく見える。皓介にはとうてい及《およ》ばないが、彼も長身の部類には入るだろうし、服の上から見る限り体型も崩れてはいないようだ。

ただ、最後に会ったときよりもずいぶんと痩《や》せた気がした。

もちろん口に出すつもりはなかったが。

「どうぞ」

言いながら、ちらりと阪崎の背後にいる人間に目をやった。

背中に張り付くようにして、少しツバのある帽子《ぼうし》を被《かぶ》ったまま俯《うつむ》いている小さな頭。

顔も身体《からだ》も見えないので、男か女かもよくわからなかった。

身長は百七十には及んでいない。皓介よりも、おそらく二十センチは低いだろう。

だが相手を詮索《せんさく》するつもりはなく、すっと目をそらして何ごともなかったように二人を中へ通した。

広いリビングルームは、ライティングデスクのあるエリアと、応接セットが置いてあるエリアで構成されている。間にはパーティションも何もないが、代わりに大きな観葉植物が置いてあり、物理的ではない部分で二つを分ける役割を果たしていた。

「まもなくコーヒーが届きます」

「ああ……すまないね」

阪崎はそう言いながら、後ろについてきた人間を自分の隣《となり》に座らせた。

まだ下を向いたままで、帽子も取ろうとはしない。

全身が見えてみれば、男だということがわかった。あるいは凹凸《おうとつ》のない痩せた女かもしれないが、とにかくそういう身体つきだった。

ストレートのジーンズに、長袖《ながそで》のボタンダウンのダンガリーシャツを着て、中には黒いTシャツ。ありきたりすぎる格好だ。強《し》いて言えば、スーツでもないのに、この時期にわざわざ長袖というところが少しだけ人と違《ちが》う。

「帽子は取りなさい」

柔《やわ》らかな声で阪崎が言うと、ゆっくりとした動作で連れは自らの帽子を取った。ひどく緊《きん》張《ちょう》しているような様子だった。

皓介はかすかに目を瞠《みは》る。

思わず目が留まってしまうほど、綺麗《きれい》な顔をしていた。目が伏《ふ》せられたままでも、はっきりとそれがわかった。

陶器《とうき》みたいに白くてなめらかな肌《はだ》と、長いまつげが影《かげ》を落とす大きな瞳《ひとみ》。ガラス玉みたいに透《す》き通っていて、深い湖のような印象だ。すっきりとした鼻筋に、柔らかそうな唇《くちびる》。きゅっと引き締《し》められた口元が、意志を感じさせる唯一《ゆいいつ》のものだった。

こうして明るいところで間近に見ても、男か女かの判断に迷うような曖昧《あいまい》さがある。そう、曖昧なのだ。これだけの美貌《びぼう》なのに、印象がひどくぼやけている。それでいて硬質《こうしつ》な、壊《こわ》れやすいもので作られているようでもあった。

リアリティーというものがあまりにも乏《とぼ》しい美人だった。

目だけじゃなく、まるで全体がガラスか何かでできているんじゃないだろうかと思わせる。この人間は、温度というものを感じさせない。

年のころは、おそらく二十歳前後だろう。

「彼は、水橋景《みずはしけい》くんという」

唐突《とうとつ》に阪崎は口を開いた。

はっとして皓介は、景と紹介《しょうかい》された相手から目を離《はな》し、阪崎を見やった。

ゆっくりと頭の中で、繰《く》り返す。彼は……というからには当然のことだが、この綺麗な人間は男だということだ。

落胆《らくたん》している自分に気づいて、皓介はあやうく苦笑《くしょう》をこぼすところだった。

(もったいないな……これで、男なのか……)

化粧《けしょう》をして、着飾《きかざ》ったら、絶世の美女というところだろう。

そう思うそばから否定が浮《う》かんだ。

わざわざ手を加えることもない。今のこの状態で、これだけ美しいのだ。何をする必要もないだろう。

「今、十九歳だ。もう五年ほど私のところにいる」

「そうなんですか……」

初耳だった。年に何度かは話をする機会があるわけで、そのときはまず雑談に終始するのだが、かつて一度としてそれが出てきたことはなかった。

これは、どういうことだろうか。

「景くん。こちらが、樋口皓介くんだ」

目を細め、ひどくいとおしいものを見るような目をして、阪崎は景に言葉をかけた。

(なるほど……)

妙《みょう》に納得《なっとく》がいった。

阪崎は結婚《けっこん》の経験がない。皓介が記憶《きおく》している二十年前ほど前の阪崎は相当に美丈夫《びじょうふ》であったし、今もその名残《なごり》は色濃《いろこ》くあるが——むしろ年齢を重ねて貫禄《かんろく》と厚みを重ねた今のほうが、女性の目には魅力的《みりょく》に映ることだろうが——、女性の影は、彼のそばにない。

もしや、と思ったことも過去に何度となくあったが、景に声を掛ける彼を見ていると、その確信はさらに強くなった。

(つまり囲っているわけか)

若く美しい、愛人というわけだ。

しかしながら、五年前と言えば、十四か五ではないか。

どう反応したらいいのかわからない。だが、しょせんは他人の趣味《しゅみ》として、さらりと流してしまうことに決めた。

「君のことは、よく話していたんだよ」

「はぁ……そうですか……」

生返事をする皓介の前で、景は顔を上げるでなく頷《うなず》くでもなく、じっと自分の手元を見たまま、微動《びどう》だにしなかった。

よほどシャイなのか、単に不躾《ぶしつけ》なのか、彼は顔を上げようとしないまま、やがて仕方なさそうに小さく頭を下げた。

「樋口です。どうも、はじめまして」

なるべく柔らかく声をかけたというのに、景は膝《ひざ》の上で握《にぎ》りしめた手をさらにきつく握りしめる。

人見知りというよりも、むしろ拒絶《きょぜつ》されているようだった。

それ以上の反応は期待せず、皓介はそうそうに視線を阪崎に向けた。訪問の理由と、景が同席している理由を問いたかったのだ。

果たして、阪崎はすぐに口を開いた。

表情がさきほどまでとはがらりと変わっていた。

「最初で最後の頼《たの》みだ。この子を引き取ってほしい」

「……は？」

我ながら間の抜《ぬ》けた反応だったと、あとになってから皓介は思い返すことになるのだが、このときはそれ以外の反応ができなかった。

まじまじと阪崎を見つめ、景に目を移す。

相変わらず下を向いたままの景は、あらかじめ話の展開を知っていたらしく、表情一つ動かさなかった。

皓介は再び阪崎を見た。

「なんとおっしゃいましたか？」

「この子を、君に預けたいと言ったんだよ」

「あの、おっしゃる意味が……？」

問いを重ねようとしたときに、チャイムが鳴り響《ひび》いた。

中断はやむを得ない。皓介は一言断って席を立ち、ドアを開けるために歩いていった。

そのとき、視界の隅《すみ》で景が顔を上げてこちらを見たような気がしたが、気に留めることもなく背中を向けた。

ボーイがセンターテーブルに運んできたコーヒーを置く間に、皓介は頭の中で先ほどの言葉を繰り返した。

とてもまともな話じゃない。借金のほうが、どれだけマシか知れなかった。

「サインをよろしいでしょうか？」

「ああ……」

ほとんど機械的にそれをやってのけ、皓介は元の場所に腰《こし》を下ろした。

こちらを見たように思った景は、まるで気のせいだとあざ笑うように同じ姿勢で下を向いていて、感情らしい感情を見せないでいる。

だからすぐに、ささいなことは忘れ、大げさなほどの嘆息《たんそく》をもらして言った。

「一体どういうことです？」

「言葉通りだ。事情があって、私の許《もと》には置いておけなくなってね。何も聞かずに、この子をここに置いてくれないか」

懇願《こんがん》というよりは、すでに命令に近かった。

無茶だ、と思う。

(ようするに、いらなくなった男妾《おとこめかけ》の厄介払《やっかいばら》いか……)

とんでもない話だが、まったくないことでもないだろう。

高い恩だ。他人から愛人を、いくら綺麗《きれい》だとはいえ男を押しつけられることになるとは思ってもみなかった。

「……自立しようとは思わないんですかね、彼は」

冷ややかな言い方になってしまったが、阪崎は仕方なさそうに苦い笑《え》みを刻むだけだった。

そして景は、またも無反応だ。

見る限り、十分に一人で生きていける年齢《ねんれい》のはずだが、自活できない事情でも抱《かか》えているのだろうか？

(そういえば、喋《しゃべ》らないな……)

喋らないのではなく、喋れないのだろうか。あるいは、こちらの言うことを理解していないという可能性もある。

とてもそうは見えなかったが……。

「話はできるんですか？」

「ああ、誤解しないでくれ。彼は大学の一般《いっぱん》教養ていどの課程はクリアしているし、とても聡《そう》明《めい》な子だ。自分のことは、一通り自分で何でもできる。健康状態も問題ない」

ならば自立する気がないということか。

阪崎の言葉通りならば、聡明さと健康な身体《からだ》を持ちながら、男に抱《だ》かれることで生きていくことを選んだわけだ。

理解の範疇《はんちゅう》外だった。

苛立って仕方がない。輪郭《りんかく》がぼやけたように存在が希薄《きはく》な景にも、お古を押しつけようという阪崎にも。

(まったく……ふざけた話だな)

内心でそう思いながらも、あからさまな態度には出さなかった。

「ほら、君からも」

促《うなが》されてようやく、唇《くちびる》が動いた。

「……お願い、します」

ようやく聞けた第一声は、見た目通りの硬質《こうしつ》な声だった。高くもなく、低くもなく、思いのほか耳に心地《ここち》いい。

それでも皓介と目を合わせることはなかった。無理に言わされているというふうではなかったが、かといって進んで来たがっているようにも見えない。

当然だろう。誰《だれ》が、初対面の男のところに、ぽいと渡《わた》されたいものか。

考えるために視線を逸《そ》らし、しばらく黙《だま》り込んだ。

頭の中で計算が働いた。

悪いようには転がらないかもしれない。とりあえず引き受ければ恩を返したことになるのだろうし、景のほうは自分から出て行くような形に持っていけばいいことだ。阪崎のように、丁《てい》重《ちょう》に扱《あつか》ってはもらえないとわかれば、嫌《いや》になってくれるだろう。

それまで、何日かの辛抱《しんぼう》だ。

景が扱いに不服を覚えて出て行けば、万事《ばんじ》解決である。

「わかりました。お引き受けしましょう」

阪崎の目を見据《みす》えて返事をすれば、はっきりと相手の目に安堵《あんど》の色が浮《う》かんだ。だが下を向いたままの景の反応は、やはりよくわからなかった。

「ありがとう。感謝するよ」

安堵のこもった言葉に、皓介は神妙《しんみょう》な顔で答えた。

「いえ。阪崎さんのお役に立てれば。ただ、どうやって彼を扱えばいいのか、わからないんですよ。今までは、どんなふうに？」

意味ありげな問いかけを、阪崎は笑顔でさらりと流した。

「それは君に任せるよ。私と同じである必要はないだろう？」

「そうですね……で、いつからにしますか？」

自分からそう水を向けたことを、数秒後には後悔《こうかい》していた。


「じゃあ、元気で。荷物は送らせるよ」

そっと景の髪《かみ》に触《ふ》れた手が、名残《なごり》惜しそうに離《はな》れていく。

キスでもするんじゃないかと思っていたのだが、皓介の予想に反して、たったそれだけで阪崎はドアノブに手をかけた。

その姿を、景はじっと見つめている。

まるで一挙手一投足を、目に焼き付けようとでもしているように。

なんだか面白《おもしろ》くない。

阪崎が景に飽《あ》きて放《ほう》り出したようには思えないし、景のほうも阪崎と離れたくて離れるわけではないらしい。

なのに、実際はこうだ。

まったく気が知れなかった。

特に景は、自分が他《ほか》の男に譲《ゆず》られているというのに、嫌がる様子もない。自分の意志はないのかと、顔をしかめたくなる。

「景くんを頼《たの》むよ」

「はい。ぜひまた遊びにいらしてください」

「ああ……そうだね。そうしよう」

浮かべた笑みが、どこか寂《さび》しそうに思えて、皓介は「おや」と眉根《まゆね》を寄せた。だが声を掛ける前に、阪崎の視線は景に向けられた。

「幸せになりなさい」

そう言い残して、阪崎はドアの向こうへと消えていった。

ぱたりとドアが閉まってオートロックが掛《か》かった瞬間《しゅんかん》、景は思わずといったように半歩前へ出ながらも、結局はドアノブに手を掛けることさえしなかった。

(追いかけたいなら、行けばいいだろうが……)

睨《にら》むように皓介は華奢《きゃしゃ》な背中を見つめた。

だが気づく様子もなく、いつまでも景はドアを見つめてその場に突《つ》っ立っている。声を掛けなければ、永遠に動かずに人形にでもなってしまいそうな風情《ふぜい》だ。

華奢な背中は、ひどく心細そうだった。

長《なが》の別れでもあるまいし、と思う。

「おい」

動かない人形に声を掛けた。すると、ぴくりとかすかに身体が震《ふる》え、確かに声が聞こえたことを皓介に知らせてくる。

だが振《ふ》り返りはしなかった。

「聞こえてるんだろうが。こっちを向け」

「……」

ゆっくりと、景が身体ごと振り返り、皓介と向き合った。ただし視線は俯《うつむ》かせたままで、こちらを見ようとしない。

自然と嘆息《たんそく》がこぼれた。

「だんまりか？　躾《しつけ》がなってないな」

「阪崎さんは、ちゃんとしてくれました。態度が悪いのは俺のせいです。すみません」

かばうように、こちらが驚《おどろ》くくらいの強い口調で言った景は、それからすっと息を吸い、一気に続けた。

「ご挨拶《あいさつ》が遅《おく》れて申し訳ありませんでした。水橋景です。今日から、お世話になります。どうかよろしくお願いします」

深々と腰《こし》を折って、それからゆっくりと頭を上げた。ここが座敷《ざしき》か何かだったら、三つ指でもつきかねない雰囲気《ふんいき》だ。

もっともそれは、よそへやられた妾《めかけ》……という先入観のせいかもしれない。

「なんだ、本当はまともに喋《しゃべ》れるんじゃないか」

「……一応」

「さっきから他人《ひと》ごとみたいな顔してたからな。自分の話だってのに、一体どういう神経なんだ？」

いかにも繊細《せんさい》そうなくせに、その実、相当にしたたかだとでもいうのだろうか。

視線は床《ゆか》を見つめたまま、ぴくりとも動かない。皓介が言わなければ、その場から動くこともないのだろう。

「まぁ、いい。そっちの部屋が空いてるから、好きに使え。クローゼットに入ってる服は、向こうのダブルルームのほうへ移しておいてくれ。腹が減ったら、適当にルームサービスでも頼むか、中のレストランやカフェで食って、部屋番号でサインすればいい。クリーニングは、シートにチェックして袋《ふくろ》に入れて、電話すれば取りに来る」

皓介の説明を、景は黙って聞いていた。合間に頷《うなず》くこともしないが、視線は両側の部屋に一度ずつ向けられた。

「何か質問は?」

「どうして一人なのに、寝室《しんしつ》が二つも……」

「隣《となり》の部屋の音が聞こえないように、だ。薄《うす》い壁《かべ》じゃないが、テレビの音を大きくする客がたまにいて、鬱陶《うっとう》しかった。だからツインも押さえてある。ダブルの部屋のほうは端《はし》だから問題ないしな」

扉《とびら》は二重になっていて、コネクティングルームのような使い方をしているのだ。基本的には三つの部屋をまとめてエグゼクティブスイートと称《しょう》しているが、場合によっては三部屋をばらばらに売ることもできるのである。

「無駄《むだ》に広いね」

「狭苦《せまくる》しいのが嫌《きら》いなんだよ。ああ……セックスのときは別かな」

「……下世話」

初めてと言っていいくらいに、露骨《ろこつ》に眉がひそめられる。どうやらこの手の言葉は好きではないようだ。

　小さく嘆息して、景は顔を見ないまま言った。

「何か、手伝ったりすることは？」

「そうだな……クリーニングに出したり、戻《もど》ってきた服をしまったり……あとは客室係やフロントに電話をかけたり……だな」

　ようするに皓介が面倒《めんどう》だと思っていることは、可能な限りやらせるつもりでいた。阪崎は景を温室の花のように扱《あつか》っていたのだろうが、同じようにするつもりはない。まして抱《だ》くつもりもなかった。

　いくら顔が美しいからといって、男を抱きたいとは思わない。彼女は今はいないが、不自由はしていないのだから。

　第一、知り合いのお古というのが興ざめだった。特に処女性にこだわったりはしていないものの、知り合いがさんざん好きにしてきた身体《からだ》だと思ったら、たとえ景が女性だったとしても食指は動くまい。

　せいぜい、景のことは小間使いにしてやるつもりだ。それ以外でかまってやるつもりもなかった。

「わかったら、部屋に行ってろ。呼んだらすぐ来い」

　黙って頷いた景は、相変わらずちらりとも目を合わせようとしないまま、呟《つぶや》くようにしてぽつりと言った。

「阪崎さんのいるときと、ずいぶん違《ちが》うんだね」

「文句があるのか?」

「別に……」

抑揚《よくよう》のない声で言われると、本当にどうでもいいように聞こえてしまう。機械の音声だって、もう少しマシだろうという調子だった。

(笑えば可愛《かわい》いだろうにな……)

ふとそう思った自分に、皓介は小さく舌打ちした。

「あなたのこと、阪崎さんは優《やさ》しい青年だって言ってたけど」

「そりゃ光栄だな」

皓介は鼻で笑って背を向けた。

阪崎がどういう意図で、そんなことを言ったのかはわからない。

好青年を演じながら接するのを見て、そのまま言ったのか、あるいは強烈《きょうれつ》な皮肉なのか。

少なくとも阪崎は、表面的なものに騙《だま》される男ではないはずだ。かといって、ひねくれた言い方をするような男でもないのだった。

どちらだろうと、皓介はかまわないのだが。

「なんて呼べばいい？」

背中に声が掛《か》かり、皓介は肩越《かたご》しに振り返った。

「なんとでも。たぶん、お互《たが》いに名前を呼ぶようなことはあまりないんじゃないか」

「……そうかもね」

溜《た》め息まじりの声が聞こえたときには、景はすでにきびすを返してツインルームのほうへと入っていくところだった。

ドアが閉《と》ざされて、互いのいる空間が分けられる。

（まったく、愛想《あいそ》のかけらもないな……）

あんなに綺麗《きれい》な顔をしているのに、まるで能面のようだ。生気というものが、いまひとつ感じられない。

すべてを諦《あきら》めたような目をしている。まだ十代だというのに、彼はたぶん、人生というものを捨ててしまっているのだ。

それにしても、気になるのは阪崎の言葉だ。

帰りがけに、景を人目にさらさないようにと真剣《しんけん》な顔で告げていた。まだ未成年だから、などと言っていたし、それも間違いではないだろうが、どうも他《ほか》にも何か含《ふく》んでいそうな気がしてならない。

「わけがわからん……」

一体、あれは何者なんだろうか。

阪崎の話がすべて本当だとすれば、景は十四のときから阪崎に囲われていた計算になる。まさかそのころから身体の関係があったとは思えないし、思いたくもないが、どういう経緯《けいい》で阪崎の許《もと》へ行くことになったのか、まったく想像ができなかった。

(目立つだろうよ、あれは……)

思わずそう考えて、すぐに否定した。

景はたぶん、さほど目立ちはしない。自分というものを押し出そうという意識が皆無《かいむ》だし、あの調子ならば俯《うつむ》いてばかりいるのだろうから。ただし、一度見た人間は、彼を忘れたりはしないだろう。

不思議なものだった。目立たないのに、強烈な印象があるのだ。

逡巡《しゅんじゅん》して、皓介はツインルームのドアをノックした。

ややあって、内側からドアが開いた。

視線を上げない景は、ひどく緊張《きんちょう》していた。

その印象はおそらく間違いではないだろう。先ほどよりも至近距離《きょり》で向き合っていることに、景は確かに身を硬《かた》くしているのだ。

「聞きたいことがある」

「……何？」

「阪崎さんのところにいるときは、どういう名目だったんだ？」

「どう……って、別にそんなものなかったけど」

「周囲にはどう説明してたんだ？」

皓介はいらいらしながら問いを重ねた。

阪崎の家へ行ったのは、記憶《きおく》にある限りで二度だ。どちらも十年ほど前のことになるが、住まいを変えたりはしていないはずだから、そこそこ広い一軒家《いっけんや》には、独身である彼の世話をする家政婦がいたはずである。それに近所の目だってあっただろう。

「説明も何も……近所の人は、俺があそこにいたことも知らないよ」

「なんだって？」

「家政婦さんは、ちょうど俺が行く少し前に、高齢《こうれい》を理由に辞《や》めたそうだけど。だから、家のことは俺がやってた」

景は淡々《たんたん》と、特別なことではないという態度で言う。

「待て。近所の連中が知らないって、どういうことだ？　五年だぞ？　それに客が来たときはどうしてたんだ？　あの人は、人付き合いの多い人だったはずだ」

「客が来たときは、部屋から出ないようにしてた」

「外へ出れば、嫌《いや》でも人目につくだろう」

「出てないから」

さらり、と告げられた言葉に皓介は絶句した。

確かに広い家だった。庭も広く、塀《へい》は高くて外からは見えないし、木が多くて外からの干《かん》渉《しょう》も少なくて済むだろうし、周囲は私有地だった。

だが、それにしたって普通《ふつう》ではない。

「学校は……おまえ、中学と高校はどうした？」

「行ってない。阪崎さんのところにいるときは、口の堅い家庭教師をつけてもらってた。だから、小卒……かな」

他人《ひと》ごとのように景は呟く。

どんな背景があるというのだろうか。親は一体、どこで何をしているというのだろうか。

「五年間、ずっとか？」

驚愕《きょうがく》と共に問いを向ければ、景はなんでもないことのように頷《うなず》いた。

その答えにさらに啞然《あぜん》としてしまった。

「……家族は？」

「ふーん……それで、どういういきさつで、阪崎さんに飼われるようになったんだ？」

肩がぴくり、と動いた。あからさまな反応は、注意して見ていなければ見逃《みのが》してしまうほどの小さなものだ。

だがすぐに返ってきた声は、今まで以上に硬《かた》かった。

「あなたには関係ないと思うけど」

突《つ》き放した言い方にかちんとくる。仮にも、今日から皓介は景の「飼い主」なのだ。なのにこの態度はどうだろうか。

どう言い繕《つくろ》ったところで、景は「飼われている」ようなものだと皓介は思うのだが、当の本人はその言い方が気に入らないらしい。

あるいは愛情というものを、信じているのだろうか。

景はやけに皓介を苛立たせる。

「阪崎さんのところではどうだったか知らないが、俺はおまえを『飼う』からそのつもりでいろ。いやなら、今すぐ出て行け。阪崎さんのところに戻《もど》りたいなら、俺から頼《たの》んでやってもいいぞ？」

「いない」

さらに下を向いた景の顔はよく見えない。近すぎるこの距離だと、彼が意図して上を向かない限り、表情など見えやしないのだ。

「話はそれだけ……？」

「ああ？」

「終わったんなら、もういい？」

早く解放されたいのだと言わんばかりだった。両脇《りょうわき》にだらりと垂らしたままだった手は、いつの間にかきつく握《にぎ》りしめられている。

それが今は唯一《ゆいいつ》、景の感情を表しているのだ。

(我慢《がまん》の限界ってわけか？)

皓介は苦笑《くしょう》をこぼした。

不本意だという態度をこれだけ示してくるのに、それでもここにいようという景の考えが理解できない。

阪崎の意志だから、なのだろうか。

どんな事情があるのかは不明だが、景は他の男に押しつけられたのだ。なのに、阪崎の言いつけを破ろうとしないほど、心を傾《かたむ》けてしまっているのか。

だとしたら、ずいぶんと健気《けなげ》なものだ。

皓介は嘆息《たんそく》しそうになって、慌《あわ》ててそれを飲み込んだ。

「ああ、終わりだ」

言い放って背を向ける。

背中に景の視線を感じたが、振《ふ》り返ろうとは思わなかった。

3

景が来たからといって、皓介の生活パターンに変化が生じたわけではなかった。

基本的に、景はツインルーム——つまりはあてがわれた部屋から出ては来ず、用事を言いつける際に呼ぶときだけ、皓介の前に現れる。

三回目の夜を迎《むか》え、今は自分の部屋で届いた荷物の荷ほどきでもしているはずだ。いや、とっくに終わっていることだろう。

今日の昼に、阪崎から景の私物が届いたのだが、箱にして、たった二つしかなかったのだ。驚《おどろ》くほど少ないといっていいだろう。

ますますわからなくなった。てっきり、阪崎は景に金を掛《か》けるだけ掛けているのだとばかり思っていたのに。

それとも、阪崎のところを出るときに、与《あた》えられたものはほとんど置いてきたとでもいうのだろうか？

閉ざされたままのドアを眺《なが》めながら、皓介はライティングデスクを指先でコツコツと叩《たた》いていた。

何も変わらないはずだった。少なくとも、生活はそうだ。

同じ時間に起きて、フレッシュジュースを胃に入れて、プールで泳いで、ブランチを摂る。そして出勤し、夜になってから部屋に戻《もど》る。

皓介が部屋に戻ったからと言って、景が出迎えに出てくるわけでもない。もちろん、朝だって顔は合わせていなかった。

いてもいなくても同じはずだ。

ツインルームからは、物音は聞こえてこない。何をしているのか、こちらからはまったくわからないのだ。

このエグゼクティブスイートには、入り口が三つある。皓介が今いるリビングにも、そして両側の寝室《しんしつ》にも、それぞれに廊下《ろうか》と繋《つな》がるドアがあるから、景が部屋を出て行こうが、ルームサービスを頼もうが、皓介には聞こえて来ない。部屋の電話を使えば、同じスイートの中でも、それぞれの電話のある部屋にボーイがやって来るからだ。

気にすることなどない。呼ばなければ、顔を合わせることもなく景は勝手に隣《となり》の部屋で生きていくだろう。

それでいいはずだ。どうせろくに使っていなかった部屋なのだから、あのドアが閉《と》ざされたままであっても、別段問題はない。皓介の生活も変わらず、厄介者《やっかいもの》の存在に煩《わずら》わされることもなく、阪崎への恩も返せる。万々歳《ばんばんざい》ではないか。

なのにどうして、こんなにもドアの向こうが気になるのか。

「くそ……」

いらいらして仕方ない。

生活パターンはともかくとして、こんなにも気持ちが乱されるとは思ってもみなかった。景が現れた瞬間《しゅんかん》に、皓介の心の平穏《へいおん》は失われてしまった。

今日などもオフィスで、静香に様子が変だと指摘《してき》された。まったく女性というものは鋭《するど》いものだ。

あるいは、それだけ皓介の様子があからさまだったというだけかもしれないが。

いずれにしても、このままではまずい。

(追い出しちまわないとな……)

景さえいなくなればいい。

そうすれば、また元の自分に戻れる。何者にも惑《まど》わされることなく、やりがいのある仕事をして、気楽に遊ぶ、以前の生活に。

そうだ。なんとかして景を、自分から出て行きたくなるようにしなくてはいけないのだ。

だが、家のことをしていたというのはどうやら本当らしいから、皓介が多少のことを申しつけたところで苦になるはずがない。

だったら嫌《いや》がることを、言ってやろうか。

あのとき、阪崎に飼われていたという言い方に対して、景は明らかに不快感を示していた。ならば、そこを突《つ》けばいい。

傷つけて、不愉快《ふゆかい》にさせて、一緒《いっしょ》にいたくないと思わせるほど嫌《きら》われればいいのだ。

皓介は立ち上がり、ツインルームのドアを開けた。ノックはしなかった。自分は飼い主なのだから、囲われ者に気を遣《つか》うことはないと自分に言い訳した。

迎える景は、非難する目で皓介を見るだろうか。あるいは、いつものように下を向いているのだろうか。

考えながら足を踏《ふ》み入れると、予想はどちらも外れで、窓に近いほうのベッドで景は丸くなって眠《ねむ》っていた。

風呂《ふろ》に入ったあとで、眠るつもりもなく眠ってしまったようだ。バスローブを着たままだし、羽根の掛け布団《ぶとん》は捲《まく》ったままだった。

皓介は近づいて、間近から景を見下ろした。

寝顔《ねがお》は普段《ふだん》よりもずっと雰囲気《ふんいき》が柔《やわ》らかい。無防備で、人を拒絶《きょぜつ》したところが綺麗《きれい》に消え失《う》せていた。

薄《うす》く開いた唇《くちびる》からは、規則正しい寝息がこぼれている。

あらためて見ても、景は美しかった。

視線がそうさせたのか、気配に気づいたのか、景は長いまつげをぴくりと震《ふる》わせてから、ゆっくりと目を開いた。

焦点《しょうてん》の合わない目が、宙を見つめている。

思わず、ぞくりと身体《からだ》が震えた。

(待て、これは男だぞ……)

いくら顔が綺麗でも、バスローブの下には同性の身体があるのだ。

わかっている。いるが、突然《とつぜん》の衝動《しょうどう》を消し去ることはできなかった。

景はぼんやりと、どこかを見つめたままだ。目はとりあえず開いているが、意識のほうはまだ眠りに捕《つか》まっているのだ。

バスローブの裾《すそ》の乱れと、そこから覗《のぞ》く腿《もも》。すんなりと伸《の》びたしなやかな脚《あし》は、女性のものでなくても十分に視覚を刺激《しげき》した。

初めて納得《なっとく》した。

確かにこれならば、男だとわかっていてもその気になってしまう。姿形の美しさだけでなく、景には何とも言えない色香《いろか》があるのだ。同性でもいいと思わせるような、それを些細《ささい》な問題にしてしまえるような、危険な何かが。

たぶん最初からわかっていた。

皓介は故意に、それから目を背《そむ》けようとしていたにすぎない。

手を伸ばしたのは、意識してのことではなかった。気が付けば皓介は、景の頰《ほお》に手で触《ふ》れていた。

(俺は、何を……)

自分のしたことが信じられなかった。だが、実際に触れてみれば、それを望んでいた自分を認めざるをえなくなる。そして、もっと触れたいという欲求に打ち勝つことができなくなってしまう。

感触《かんしょく》を楽しむように指先で撫《な》でると、ぼんやりとした瞳《ひとみ》が皓介に向けられた。

初めて、正面から目を見た。だが景は、目の前にいるのは誰《だれ》かということも、まだ理解していないに違《ちが》いない。

不思議そうな顔をしていた。

こんな顔もできるのだ。表情はなくしたわけではなく、きっと忘れてしまっているだけなのだろう。

「あ……」

ふわりと、景が笑《え》みを浮《う》かべた。

はにかむように、ひどく嬉《うれ》しそうに、景は夢と現実の狭間《はざま》の中で、何かを――あるいは誰かを思って微笑《ほほえ》んだのだ。

衝《つ》かれたように、皓介は薄く開いた景の唇を塞《ふさ》いだ。

びくりと大きくわなないて、景が正気を取り戻すのがわかる。だが皓介はそれを無視し、もがく身体を押さえつけた。

逃《に》げまどう舌を追い回し、組み敷《し》いた身体を撫で回す。

「や……め……」

もがけばもがくほど、身に着けたバスローブが乱れていくというのに気づきもしないで、景は逃《のが》れようと必死になる。

男に抱《だ》かれて生きてきたくせに。

今さら、もったいつけるような身体でもないくせに。

(そんなに、俺がいやか……)

奪《うば》うばかりのキスをしながら、バスローブの下に手を入れた。

「っ……」

吸い付くようにしっとりした肌《はだ》が、皓介の理性を狂《くる》わせていく。なめらかで張りがあり、触れているだけで指先が心地《ここち》いい。

頼《たよ》りない両腕《りょううで》が、皓介の肩《かた》を押し返そうとしている。

思っていた通りに、大した力はない。五年も阪崎家の敷地《しきち》の中だけで生きてきたというのだからそれも当然だ。

それに、どこか手ぬるかった。死にものぐるいの抵抗《ていこう》ではないのだ。

「嫌だって言える立場じゃないだろ？」

唇を離《はな》して言葉を突きつければ、景はぎゅっと唇を閉《と》ざした。

そうして、ゆっくりと皓介の肩から手を離した。

泣きそうな顔をして、身体中を硬《かた》くしているというのに、景は予防接種を待つ子供のように自分に我慢《がまん》を強《し》いている。

嫌だけれど、仕方ないのだとでもいうように。

飼われている以上は、たとえ相手が意に染まない男だろうと景に拒否権はない。それが阪崎の決定であり、景の立場だ。

そう結論づけたのだろう。

「観念したのか？」

丁寧《ていねい》に扱《あつか》ってやるつもりなどない。

阪崎とは違うのだから。

バスローブのひもを解き、乱暴にむしり取って、景を全裸《ぜんら》にした。細く、しなやかな身体が露《あらわ》になり、さらに景は全身を硬直《こうちょく》させる。小刻みに震えてさえいることに、皓介は少なからず衝撃《しょうげき》を受けた。

そこまで嫌がられるとは思ってもいなかった。

口の中に苦いものが広がっていく。

好かれる理由もないが、ここまで拒絶される理由もないはずだ。皓介に抱かれることは、覚悟《かく》の上で来たはずだろうに。

生理的に皓介を受け付けないとか、阪崎以外はどうあっても嫌だというならばともかく――。

(どうでもいい)

自分には関係ないことだと心の中で呟《つぶや》いた。

嫌だと言うならば、かえって都合がいいではないか。皓介の心の平穏《へいおん》を乱す相手が、それだけ出て行ってくれやすくなる。

言い訳のようにそう思いながら、膨《ふく》らみのない胸に顔を寄せた。

小さな突起を吸い、歯で軽く噛《か》むと、過剰《かじょう》と思えるほどに身体が跳《は》ね上がる。感じているのか、単なる反射なのか、景はきつく目を閉じて唇を閉ざしたままで、声一つ漏《も》らすまいとしていた。

「つまらないやつだな。色っぽい声くらい聞かせろ」

だが期待なんて、もちろんしていない。

目的が自分の中でも曖昧《あいまい》になっていく。傷つけたいのか、単に抱きたいのか、もはや皓介にすらわからなかった。

愛撫《あいぶ》をしても、ろくに反応しないことに焦《じ》れて、皓介は両膝《りょうひざ》に手を掛《か》け、左右に脚を開こうとした。

「やっ……」

だが景は、それをさせまいと膝を合わせる。

「今さらだろ?」

強引《ごういん》に割って、隠《かく》されたところまで露にすると、代わりだとでもいうように顔を両腕で覆《おお》った。

身体がひどく震えていた。

こうしてはっきりと、男である身体を見ても、不思議と萎《な》えることはなかった。欲望の火も消えることもない。むしろ取り澄《す》ましたこの顔を変えてやりたいという、歪《ゆが》んだ欲求が皓介の中に生まれた。

泣き顔でもいい。屈辱《くつじょく》に耐《た》える顔でもかまわない。もっと生身の人間であると感じさせる顔が見たかった。

「腕をどけろ」

「……」

「聞こえないのか？　どけろと言ったんだ」

「いや…だ……」

声さえも震《ふる》えていた。はっきりとした怯《おび》えを見せる景は、能面のような顔と抑揚《よくよう》に乏《とぼ》しい声で話していたときとは別人のようだった。

実際よりも、ひどく幼く見えた。

「可愛《かわい》いところもあるじゃないか。だが、許してやる気はないな」

脚《あし》の間に身体《からだ》を入れて閉じられなくした上で、皓介は顔を覆っていた腕を摑《つか》んで、両脇《りょうわき》のシーツに押しつけた。

羞恥《しゅうち》と恐怖《きょうふ》に怯える顔が露になる。

今にも泣き出しそうな、頼りなげな表情をしてはいても、やはり景は美しかった。むしろ綺《き》麗《れい》な顔が怯えを見せることは、牡《おす》の本能を刺激《しげき》する。

「顔は隠すな。声も出せ。言うことを聞かないなら、縛《しば》って犯《おか》すぞ。そっちが趣味《しゅみ》なら、そうしろ」

手を放しても、再び顔が覆われることはなかった。

景は両手でピローを握《にぎ》りしめ、目を閉じたまま顔を背《そむ》けた。

普通《ふつう》だったら、とっくに興ざめしているだろう。こんなに拒絶《きょぜつ》されて、怯えられてまで、相手を抱こうという趣味は、皓介にはないはずだった。

なのに、止められない。

望まれていない相手を、征服《せいふく》したくてたまらなかった。

男を抱くのは初めてだが、どこで身体を繋《つな》ぐかは知っている。触《ふ》れることに、抵抗は感じなかった。

ほっそりとした脚の間に手を潜《もぐ》り込ませ、乾《かわ》いた指でいきなり最奥《さいおう》に触れた。大きく身を竦《すく》めた景にかまうことなく中へ入れようとしたものの、きつく拒《こば》まれてそれは叶《かな》わない。

皓介は小さく舌打ちし、指を濡《ぬ》らして再び後ろへとあてがった。

「い……や……」

か細い懇願《こんがん》など、聞く気もなかった。

狭《せま》い入り口に唾液《だえき》を塗《ぬ》りつけて、その滑《ぬめ》りを借りて強引に指を突《つ》き入れる。

「ひっ……ぁ！」

喉《のど》をひっかくような悲鳴に、想像以上の狭さ。指一本でもやっとなのに、どうやって男のものをくわえ込んでいたというのか。

締《し》め付けが激しくて、思うように指を動かすこともできない。

「おい、力を抜《ぬ》け。食いちぎる気か？」

声を掛けても、景はかぶりを振《ふ》るばかりだ。もしかしたら、自分でも上手《うま》くコントロールできないのかもしれない。

「や……抜い、て……」

掠《かす》れた泣き声が、ようやくといったように響《ひび》く。

果たしてこれが、抱《だ》かれ慣れた者の反応だろうか。

胸の内に広がった疑問は、しかしすぐに別のものに取って代わられた。

そんなに皓介を拒絶したいというならば、強制的に身体を陥落《かんらく》させてしまえばいい。そう思った。

「あぁっ……！」

中心にもう一方の手を添《そ》え、そこを口腔《こうこう》で包み込むと、濡れた悲鳴が景の唇《くちびる》からこぼれた。

同性のものに触れようと思ったことなど、なかった。むしろ、抵抗があって当然だった。なのに半ば意地になっているとはいえ、躊躇《ちゅうちょ》もせずそこを含《ふく》んだ自分の行動に、皓介自身が驚《おどろ》いていた。

「いやぁっ……は…なし、て……」

景がかぶりを振るたびに、髪《かみ》がシーツを叩《たた》くかすかな音が聞こえた。だがそれも、淫猥《いんわい》な濡れた音と、荒《あら》い息づかいの中では些細《ささい》なものでしかない。

細い腰《こし》がうねって、甘い声が響く。

同じしくみの身体だ。どこが悦《よ》いかは、よくわかっていた。

舌を使い、唇でしごくたび、景はのたうって快感を訴《うった》える。不感症《ふかんしょう》ではないかという疑惑《ぎわく》はものの見事に吹《ふ》き飛ばされた。

「ぁんっ……ん！」

耳を刺激するその声に煽《あお》られ、皓介は最初の目的を忘れ去る。陥落させるためではなく、甘く喘《あえ》がせるために、そこを愛撫していた。

官能に歪む顔と、鳴き声に近い嬌声《きょうせい》。そして景が自分の愛撫によって感じているのだという事実。

何もかもが、皓介を満足させる。

「あ、ぁ……っ、あ！」

びくびくと大きく震え、景は皓介の口の中に精を放って果てた。

寸前で離《はな》すこともできたはずなのに、なぜかそれをしようという気は起こらなかった。指先にとろりとしたものを吐《は》き出し、指先で再び後ろを探《さぐ》っていく。

今度は先ほどよりもすんなりと、最も長い指が沈《しず》み込んでいった。

「っ……やぁ……」

正気づいた途端《とたん》に抵抗《ていこう》はきつくなったが、もう手遅《ておく》れだ。

十分なぬめりを得て、指は幾度《いくど》となく出し入れを繰《く》り返す。

くちゅくちゅと、湿《しめ》ったいやらしい音が、景の顔や肢体《したい》の艶《あで》やかさと共に、皓介を引き返せないところまで追いつめていく。

いきなり、びくんっと大きく華奢《きゃしゃ》な身体が跳《は》ね上がった。

「ひぁっ……あぁ！」

そうして切羽詰《せっぱつ》まった悲鳴が聞こえた瞬間《しゅんかん》は、皓介にも何が起きたかわからなかった。

今まではとは明らかに違《ちが》う、大きな反応——。

試《ため》しに同じように、中で上向きに指を折れば、景は切羽詰まった悲鳴を上げてシーツから背を浮《う》かせた。

「……そうか」

ここは男にとってたまらない場所だ。

刺激を与《あた》えるたび、腰を捩《よじ》り立てて泣く景を見つめながら、知識としてあったものが、どういうことなのかを確かめていく。

「い、ゃっ…あぁ！　やっ…いやっ……！」

「うそつけ。いや、って声じゃないぞ」

「ちが…っ……あぁっ」

触れるたびに、ひっきりなしに声が上がる。

腰を振り立てて、必死に逃《のが》れようとしているのを力で押さえつけ、皓介は熱い内部を指先でかき回した。

「ぁあっ……ん、んっ！」

増やした指で後ろを突き、広げるように円を描《えが》く。

執拗《しつよう》に繰り返すことで、景のそこはずいぶんと柔《やわ》らかくなってきている。指の出し入れも、最初に比べればかなり楽だ。

景の顔にも声にも、もはや普段の冷めた雰囲気《ふんいき》は、かけらも残されていない。声を抑《おさ》えることもできず快感に喘ぐ、淫《みだ》らな愛妾《あいしょう》だ。

今までに見たどんな相手よりも、艶《なま》めかしく扇情《せんじょう》的だった。

どうしようもなく身体《からだ》が疼《うず》いた。柔らかく熱い内部を味わいたいという衝動《しょうどう》に駆《か》られ、理性が飲み込まれていく。

止まらない。

指先に感じるこの熱さと柔らかさに包まれたら、どんなにか——。

皓介は指を引き出して、景の脚《あし》を抱《かか》え上げた。そうして欲望の赴《おもむ》くままに、硬《かた》く高まった自身を押しつけ、侵入《しんにゅう》を始める。

「やっ、ぁ……あああっ!」

景は目を瞠《みは》り、濡れた目をようやくさらした。吸い込まれそうなほど綺麗《きれい》な瞳《ひとみ》は、しかし今も皓介を見ていなかった。

抵抗は凄《すさ》まじい。身体中に力が入って、皓介を拒んでいた。

「力……抜けっ……」

言葉は届いているらしく、景は力なくかぶりを振った。

「痛、い……お……ねが……抜……てっ……」

息も絶え絶えの懇願をやっとのことで吐き出しながら、景は閉じた目の端《はし》から、すうっと涙《なみだ》をこぼした。

(まさか……)

頭の片隅《かたすみ》に残っていた考えが、再び浮かび上がってきた。

もしかして景はろくに経験がないのではないか。ありえない、と思いながら、払拭《ふっしょく》はできなかった。そう考えれば説明のつく場面がいくつもあるのだ。

（そんなわけが、あるか……）

景は囲われ者だ。こんな顔をして、身体をして、阪崎と二人だけで暮らして何もなかったとでもいうのか……？

どちらにしても、今さら引き返せない。

「痛いのは……こっちもだ」

皓介は景の中心に手を伸《の》ばし、快感を与える目的でゆるゆるとしごいた。

「ぁうっ……」

力の抜けた瞬間を逃すことなく、皓介はじりじりと腰を進める。

前を愛撫《あいぶ》し、タイミングをあわせて、少しずつ押し入った。深いところまでたどり着くには、ずいぶんと時間が要《い》った。

こんなに挿入《そうにゅう》に時間を必要としたことはかつてなかった。

待つほどの余裕《よゆう》をなくして、皓介は荒く息をつく景を間近から見下ろしながら、欲《ほっ》するままに穿《うが》ち始める。

まるでセックスを覚えたばかりのガキのように、加減というものができなかった。

「ひっ、あ……ぅ……」

苦しそうな息も、皓介を抑止《よくし》することはできない。ただ、これがもっと甘ければいいのにと思う自分がいるのも確かだった。

深く突《つ》き上げ、身体を揺《ゆ》さぶる。

景の声が、表情が、皓介を煽ってやまない。

抑えられないなんて初めてだ。最初にセックスをしたときだって、今よりはずっと冷静だったのに。

景の身体は、皓介にこれまでにないほどの深い悦楽《えつらく》をもたらしている。

はまりそうだった。

今まで抱《だ》いた、どんな女性よりも。

「や……も、いやぁっ……」

懇願《こんがん》を含むその声さえ心地《ここち》いい。

(まずい……)

それは確信に近い予感だった。皓介の心を乱すこの存在は、きっとこの先も平穏《へいおん》をかき乱していく。

皓介に渇《かわ》きを気づかせてしまう。

景がそばにいては、今までの自分でいられなくなる。

強迫《きようはく》観念のようにそう言い聞かせながら、心とは裏腹に身体は景に溺《おぼ》れていった。

「っぁ……や……あ……」

すすり泣くような息に、喘《あえ》ぎ声がまじる。

それでも、やめてやれなかった。高まっていく快感に、身体はもう理性のコントロールなど受け付けなくなっていた。

終わりが近い。

深く景を貫《つらぬ》くと同時に、中で欲望が弾《はじ》けた。

断続的に精が吐き出されていくのを感じながら、皓介は中に出してしまったことを自覚していた。

大きく息をつき、ぐったりとした景を見つめ下ろした。

身体を離《はな》すときの感触《かんしよく》に、景はぴくりと小さく震《ふる》えたが、それ以上の反応はまったくなかった。

さすがにバツが悪かった。抱いたというよりも、犯《おか》したというほうが正しいのだ。

「おい……」

半ば意識を飛ばしている景の両脇《りょうわき》に手を突いて、皓介はほとんど真上から彼を見下ろした。

呼びかけに応じるまでには、少し時間が掛《か》かった。

長いまつげの先には涙の粒《つぶ》がぶら下がり、それが震えながら動いて、瞳が現れる。視線は皓介の腕《うで》のあたりに向けられていた。

無防備な顔だ。

庇護《ひご》欲を刺激《しげき》するような……。

阪崎が大切にしていたのも理解はできる。だがやはり、何もしなかったということはにわかには信じがたかった。

「聞こえてるか？」

返事は頷《うなず》くだけのものだったが、遠かった視線は近くなった気がした。

「……まさかとは思うが、初めてだったのか？」

さすがにそれはないだろうと思って口にしたというのに、景の細い顎《あご》はこくん、と小さく動いた。

すぐには言葉が出なかった。

やはりという思いと、そんなバカなという思いが、同じくらいの比率で脳裏《のうり》に浮《う》かぶ。

「おまえ……だったら、そう言え」

知っていたら、手なんか出さなかった。

言いながら、すでに皓介の中では否定の言葉が浮かんでいた。違《ちが》う。そんなことは関係ない。どちらだろうと、いずれは欲望に負けて抱いていただろう。

ただし、知っていればもう少し違う抱き方ができたはずだった。

景はぷいと横を向いて、綺麗なラインの横顔をさらした。何かを恥《は》じ入るようなその態度が、何を思ってのことかは限定できなかった。

やがて、ふてくされたような声がした。

「初めてじゃないなんて……言ってない」

「そりゃそうだが……普通《ふつう》、思うだろ？　阪崎さんの愛人やってたとしか思えないような状《じょう》況《きょう》だったぞ？」

「そんなの、そっちが勝手な誤解したんじゃないか」

横を向いたまま、責めるように景は言う。

確かにその通りだ。あからさまに愛情をそそいでいた阪崎が、手も出していなかったとは考えられなかったのだ。

だが無償《むしょう》の愛情というものを考えつかなかった皓介に罪はないと思う。欲に目がくらむほどの美貌《びぼう》を、景は持っているのだから。

「おまえの顔が、いかにも誘ってる感じなんだよ」

「好きでこんな顔してるわけじゃない……！」

驚《おどろ》くほど強い反発に面食《めんく》らいながらも、皓介はその意味を考えようとはしなかった。

「ああ、そうか。だがな、それだけじゃない。さんざん男に抱かれてきたような色気、振《ふ》りまいてるんだよ。誰《だれ》がおまえのこと見て、バージンだなんて思うもんか」

皓介からそう言われた景は、さすがにショックだったのか、口を噤《つぐ》んでしまった。

単なる責任転嫁《てんか》なのに。

ようは皓介が、景をそういう目で見ていたということなのだ。無意識にであろうと、景が組み敷《し》かれ抱かれる姿を想像していた。だから当然、阪崎にそうされてきたはずだと決めつけていた。

色気があるのは事実だが、それは性的なものではなく、多分に陰《かげ》りのある美貌と物憂《ものう》げな雰《ふん》囲気《いき》によるものなのだろう。

そこに男——皓介の欲望が絡《から》んだだけのことだった。

「そんなの……見るほうの勝手だ……。俺は、誰のことだって誘《さそ》ったりなんかしてない……っ」

景の言い分は今度も正しい。嫌《いや》というほどわかっていた。

だが皓介も引っ込みはつかなかった。悪かった、なんて謝る気もない。無理にでも正当性を主張して、相手に優位を与《あた》えるものかとムキになった。

「じゃあ何か？　阪崎さんとは、清く美しい関係だったたってことか？」

「あの人はホモじゃない」

「言っておくが俺だって違う」

「……節操なしなんだ？」

まったく口が減らないことだった。綺麗《きれい》な顔をして、冷めた口調で、吐《は》き出す言葉は意外に毒がある。

さっきまでの怯《おび》えは影《かげ》すらなかった。

嘆息《たんそく》しつつも気を取り直し、問いを向けた。

「もしかして、阪崎さんの隠《かく》し子か？」

「まさか」

小ばかにしたような言い方に、かちんと来る。

「ただの親切で五年も囲ってやったなんて信じられないんだよ。血縁《けつえん》関係でも身体《からだ》でもないんなら、プラトニックな愛ってやつか？」

「好きなように思ってれば」

関係ないんだから……という言葉が続いて聞こえてきた気がした。けっして目を合わせようとしないことにも、拒絶《きょぜつ》を感じる。

身体は開いても心は開かないという決意のようだ。

たまらなく、苛立った。

「そうだな。だが俺のところでは、セックスの相手くらいしてもらう。嫌なら、今すぐ出て行くんだな」

「……」

黙《だま》って目を閉じるのは、出て行かないという意思表示だった。

何を思ってそうするのか、どうして阪崎のところへ帰ろうとしないのか、景の口から語られることはなかった。

まったく摑《つか》み所がない。

抱いている間は表情を変えるし、与える刺激に反応もするのに、終わってしまえば元の冷めた態度だ。

(面白《おもしろ》くない……)

ならば、無理にでも変えてやろうか。

取り澄《す》ましたその仮面を剝《は》がせる、確実な方法で。

皓介はベッド脇《わき》に落としたバスローブからひもを拾い上げると、景の腕を前で一つにまとめて縛《しば》り上げた。

「やっ……だ、何するんだよ……！」

暴れて抵抗《ていこう》しようが、力では遥《はる》かにこちらが上だった。

「後始末をしてやろうってだけだ。中に出したからな。さすがに、そのままじゃまずいだろうし？」

「そんなこと、自分でする……っ」

目元がかすかに赤いのは気のせいじゃない。確信して、皓介はひどく満足した。

「できるのか？　遠慮《えんりょ》するな、俺がやってやる」

「いらない。それに、こんな真似《まね》……必要がないじゃないかっ」

景は縛られた手を睨《にら》むように見つめる。どうしてその視線を自分に向けないのかと、皓介は顔をしかめた。

驚くほどに感情を動かされてしまう。

景の言葉や視線に、これほどまでに。

「ああ、ないな。それがなんだっていうんだ？　必要がなきゃしちゃいけないっていうなら、そもそもおまえを抱《だ》く必要だってない」

好きで抱くんじゃないという意味をぶつければ、景は唇《くちびる》を引き結び、縛られた手首から目を逸《そ》らした。

今までは、かなり大事にされてきたに違いない。阪崎の人となりを考えれば、そして実際に景に接する態度や視線を考えれば、それは想像に難《かた》くなかった。

それが急に要《い》らないとされてしまい、もらわれた先でぞんざいな扱《あつか》いを受けているのだ。乱暴なことや暴力は趣味《しゅみ》じゃないからしないが、景にとっては十分にプライドが傷つくことなのかもしれない。

諦《あきら》めなのか、納得《なっとく》なのか、景はもう何も言わなかった。ただ拒絶の横顔を皓介の目に晒《さら》すばかりだった。

その目を自分に向けさせたい。

もっとあからさまな反応を引き出してやりたい。

皓介の中での目的はすり替《か》わっていた。

景を膝《ひざ》に載《の》せ、背中から抱《かか》えるような形で脚《あし》の間に手を入れた。

先ほどまで皓介を飲み込んでいたところに、指を沈《しず》める。濡《ぬ》れたままのそこは、難なく二本の指を飲み込んだ。

「っく……」

鏡には、顔を歪《ゆが》める景の上半身と、それを後ろから抱きかかえる皓介の姿が映っている。寝《しん》室《しつ》のライティングデスクは、壁《かべ》に向かった形で、しかも鏡があって好きではなかったのだが、ようやく今、その存在を肯定《こうてい》することができた。

指を動かすたびに、いやらしい音が響《ひび》いた。

感じていないはずはないのに、景は声を殺している。

もどかしかった。

熱い内部をかき回し、景の一番弱いところを中心にいじると、あっというまに無表情の仮面が剝がれ落ちていった。

「ひっ…やぁ……！　あぁっ……！」

悲鳴を上げながら細い身体をびくびくと跳《は》ね上がらせる様は、縛られていることもあって、ひどく被虐《ひぎゃく》的な光景に見えた。

景にとっては暴力でしかないのだろう。

では、皓介にとってはどうなのだろうか……？

(何を……やってるんだ、俺は……)

自らに問いかける声さえも、すぐに景の媚態《びたい》に押しつぶされていく。

最初の目的も、次の目的さえもどうでもよくなって、ただ目の前の美しいものを乱れさせていくことだけに夢中になっていた。

「はぁ……っ、あ……いやぁっ…や、ぁ……！」

景は泣きながら腰《こし》を捩《よじ》り、弱々しく首を振《ふ》る。

髪《かみ》が抗議するように皓介の肩《かた》を叩《たた》いたとき、自分が服を着たままだったということに、気づかされた。

服のまま、縛った相手を犯《おか》している。

そうだ、これはもう愛撫《あいぶ》なんかじゃない。指で景を犯しているのだ。

長い指で深々と突《つ》き、引き出しては、また沈める。そして中で関節を折り曲げては、景を狂《くる》わせるポイントを撫《な》でるように攻《せ》めてやる。

「ああああっ……！」

絡《から》みつく内部は、狭《せま》くて柔《やわ》らかくて、そして熱い。ここで皓介を包み込み、深い快楽を味わわせたのだ。

ぞくりと身体が反応する。

またあれを……という欲求が皓介の中で膨《ふく》らんでいくのがわかる。抑《おさ》えようとしても、抑えられない。

もっと、もっと欲しい。

「あっ、う……！」

欲望に駆《か》られるまま、皓介は硬《かた》く屹立《きつりつ》した自分の上に、景の腰を引き下ろした。今度は最初のときほどのきつい抵抗もなく、身体が繋《つな》がっていく。

まるで皓介を飲み込んでいくように。

甘い快楽に陶然《とうぜん》となりながらも、なんとか一度目よりは余裕《よゆう》があった。

鏡の中で仰《の》け反る景の姿が、皓介に口を開かせていた。

「目を開けて、前を見てみろ」

室内の明かりは煌々《こうこう》と明るいというわけにはいかない。中間照明だから、どうしても薄暗《うすぐら》くなってしまう。

それでも、姿や表情を見るには十分だった。

淡《あわ》い照明に照らし出された景の姿は、壮絶《そうぜつ》に美しいと思う。

すんなりとそう思った自分が不思議だった。今までの相手の中に、美女と呼んで差し支《つか》えない女性は何人もいたが、「美しい」と思ったことはなかったからだ。

まさか同性に対して思うとは、考えもしなかった。

「目を開けろと言ったんだ」

顎《あご》を持って正面を向かせ、軽く揺《ゆ》すってやると、ようやく景がうっすらと目を開けた。

自分の姿を認めた瞬間《しゅんかん》に景は息をのみ、皓介を締《し》め付けてきた。同時に顔を背《そむ》けようとしたが、皓介の手がそれを許さなかった。

景はぎゅっと目を閉じ、絞《しぼ》り出すような声で言う。

「いや……だ……っ」

「ああ」

「こんな、悪趣味なことっ……」

「それがどうした？」

今の今まで、なかった趣味だとは言ってやらない。もっとも皓介自身が気づいていなかっただけなのかもしれないが。

前に回した手で、薄い色をした乳首をいじる。

初めてだというのがうそのように景は感じやすく、指で悪戯《いたずら》をすればするだけ肌《はだ》を震《ふる》わせて、皓介を締め付けて、あからさまに快感を知らせてきた。

だが、声は押し殺していた。感じていることを認めまいとしているようだった。

「声、出せって言っただろうが。喘《あえ》いで聞かせるのもサービスだぞ？」

揶揄《やゆ》を含《ふく》めた言葉に、景はいやいやをするようにかぶりを振る。

まったく強情《ごうじょう》だ。

どうせ、また崩《くず》れ落ちるくせに。

「っ、ぅ……」

「よがり声出さなきゃ、こっちにわからないとでも思ってるのか？」

耳元で囁《ささや》きながら、耳朶《みみたぶ》を嚙《か》む。

びくんと震える身体《からだ》と、ひそめられた眉《まゆ》に、皓介は密《ひそ》かに笑《え》みをもらした。

本当にずいぶんと感じやすい。こんな身体で強情を張るのは、さぞかしつらいだろう。

「おまえの身体は、おしゃべりなんだ。それを教えてやる」

景を屈服《くつぷく》させるのは、それしかないような気がした。他《ほか》の方法では、捉《とら》えられないような気がしていたのだ。

皓介は景の身体を前に倒《たお》し、後ろからする形で穿《うが》ち始める。

聞かせまいとしていた声を引きずり出したのは、それからまもなくのことだった。

いつまで経《た》っても動き出さない景の姿を、皓介は自分でも理解しがたい複雑な思いで見つめていた。

手を縛《しば》られ、力をなくして、ぐちゃぐちゃに乱れたシーツの上で、身体を投げ出している。綺麗《きれい》な顔には涙《なみだ》のあとも残っていた。

抱《だ》かれたというより、蹂躙《じゅうりん》されたといったほうがしっくりとくる姿だし、実際にそうだといえる。

意識がないわけではないらしいのに、景はぴくりとも動こうとしない。

あるいは、動きたくても動けないのだろうか。

そうだとしても無理はない。体力があるとはとうてい思えないし、持久力だって望めまい。ましてや初めてという身体に、二度も男を受け入れるという行為《こうい》は、景の身体だけではなく、精神すら疲弊《ひへい》させたことだろう。

こんなふうに誰《だれ》かを抱いたことなどなかった。サディスティックな行為をしたことも、まして相手を縛《しば》るなどということも。

そう、泣かせたことだってなかったのだ。いつでもお互《たが》いに楽しんで、言い換《か》えればただそれだけで終わっていた。その時々に快楽を分かち合う相手に、それ以上の意味を見いだしたこともなかった気がする。

どんな種類の感情によ、こんなふうに何かに突き動かされたことは初めてだった。

(俺は、どうしたっていうんだ……)

壊《こわ》れた人形のような景を見つめ、ふいに不安に襲《おそ》われた。

息を、しているのだろうか……？

「おい……」

呼びかければ、ひどく重そうにまぶたが持ち上がる。たったそれだけのことにも苦労しているといった様子だった。

視線に意志の強さは見られない。

それでもほっとして、皓介は思わず手を伸《の》ばして肩に触《ふ》れた。

ぴくりと、触れた肌が震える。

また犯されるのではと怯《おび》えているのか、それとも単なる反射だったのか。

確かめようはなかった。

だが今の皓介の行動には意味はなかったのだ。

何かを思ってのことではない。あるとすれば、今にも景が消えるんじゃないかという、バカげた懸念《けねん》のせいだ。

強く抱きしめたら折れてしまいそうに思えてしまうのは、実際の細さもさることながら、儚《はかな》い印象のせいかもしれなかった。

無表情の仮面を被《かぶ》っているときには、けっして感じさせないものだった。

「起きろ」

腕《うで》を掴《つか》んでベッドから引き起こし、緩慢《かんまん》な動作で従う景を、歩かせようとした。

「あっ……」

だが次の瞬間に、景は膝《ひざ》からくずおれる。それをとっさに抱き止めると、景は両手で皓介のシャツを掴んで、顔を押しつけてきた。

既視感《きしかん》に、皓介は身動きが取れなくなった。

（なんだ……？）

どこかで同じようなことがあった気がする。

こうして、じっと誰かを腕に抱いていた自分が、かつて確かにいたはずだと思った。

だが思うそばから苦笑《くしょう》する。

今まで腕に抱いた相手は、セックスをしていない相手も含めればいちいち覚えていないくらいいたわけだから、当然のことではないか。

それに、既視感は脳の錯覚《さっかく》だという。ならばこれも、錯覚の一つにすぎない。

しがみついたまま、じっとしている景は、一体何を思っているのだろう。

尋《たず》ねてみたい衝動《しょうどう》をやりすごし、皓介はふっと息を吐《は》くと、華奢《きゃしゃ》な身体を抱《かか》え上げてバスルームへと入った。

納得《なっとく》しきれない違和《いわ》感には、無理に目をつぶらなくては。そのために、ことさら冷淡《れいたん》に「命令」を下した。

「面倒《めんどう》だから、これから服は着るな。すぐヤれるように、バスローブか浴衣《ゆかた》を、そのまま着てろ」

バスタブの中に下ろしながら言えば、景は俯《うつむ》いたまままきつく手を握《にぎ》り込んだ。

屈辱《くつじょく》なのだろう。女郎《じょろう》のようにしろと言われて何も感じないほど、景は感情を捨ててはいないのだ。

「嫌《いや》なら出て行けばいいんだからな」

おそらく、景は出て行くまい。

それを確信しながら告げる自分は、きっと卑怯《ひきょう》なのだろう。

4

目を覚ましたときには、一人きりになっていた。

まだ見慣れない天井《てんじょう》と壁《かべ》。硬《かた》さの違《ちが》うベッド。空気さえ、ここは五年間暮らしていた部屋とは違う。

ホテルに移って、三回目の目覚めだった。

室内は暗く、デジタル時計の表示で時間を確かめた。

午後六時三分。

あんまりな時間に、景は唖然《あぜん》とした。けっして朝が早いわけではないが、こんな時間に目を覚ますなど考えられないことだった。

慌《あわ》てて起きようとした景は、自分の身体が思うように動かないことに愕然《がくぜん》とした。

自分の身体ではないみたいだった。借りものの、それもたった今借りたばかりで、勝手がまるでわからないといったような違和感。

さらりとしたシーツも、肌《はだ》に直接当たっていた。

（どうして……）

身体《からだ》の異常はそれだけじゃない。重い上に節々が痛くて、芯《しん》に熱があるような気がした。痛む場所は、他《ほか》にもあった。普段《ふだん》はあることさえ意識しない両胸の点だとか、身体の中心だとかに、ひりつくような違和感がある。

そして腰《こし》の奥に、その入り口に、鈍《にぶ》い痛みが確かにあった。

「あ……」

記憶《きおく》は唐突《とうとつ》に昨晩《さくばん》と繫《つな》がった。

皓介の言葉や視線、体温や息づかいまでもが蘇《よみがえ》ってくる。

景に触れてきた唇《くちびる》や指、そして身体の中に入り込んできた、皓介のもの。

痛みと苦しみと、初めて味わった快感。しかし心地《ここち》いいと思える感覚ではなく、容赦《ようしゃ》のないきついものだった。

何もかもが鮮明《せんめい》だ。いっそ生々しいほどに。

最初のキスから、最後にバスルームで喘《あえ》がされたときのことまで、景はほとんどのことを覚えている。

そう、記憶はバスルームで途絶《とだ》えていた。ベッドまで自分の足で歩いてきたのか、それとも皓介が連れてきてくれたのかはわからなかった。

縛られていた手が、いつ自由になったのかも。

景はじっと手首を見つめた。赤く擦《す》れて、薄《うす》い痕《あと》になっている。

記憶よりも痛みよりも明確な証拠《しょうこ》だった。

本当に、皓介に抱《だ》かれたのだ。いや、犯《おか》されたといったほうがいいのかもしれない。皓介には、抱いてやろうなんていう意識はなかったのだから。

疎《うと》ましがられているのはわかっていた。

なんとかして、皓介が景を追い出そうとしていることも、はっきりとした言葉にはなかったが、伝わってきていた。

当然だ。事情も語られないまま、いきなり人間を一人引き取れと言われて、誰が納得するだろうか。

そんなことは最初からわかっていたではないか。

恩を盾《たて》に、自分たちは皓介を脅《おど》したようなものなのだから。

(誤解するのも当然かな……)

阪崎の愛人だと信じ込んでいた皓介を責めることはできない。

男に抱かれる人間に見えたというならば、きっとそうなのだろう。無意識に、誘《さそ》うような目で彼を見ていたのかもしれない。

そう思って、景は自嘲《じちょう》した。

まだ一度も、皓介とまともに目を合わせたことなどなかった。故意に避《さ》けていたのだから確かだ。

景が見ていたのは、彼の横顔だったり背中だったり。かろうじて目が合ったといえば、鏡を介《かい》したときだけだ。

あのときの自分の姿を思い出し、景はきつく目を閉じた。

浅ましい顔をしていた。あんなところを深々と貫《つらぬ》かれていたのに、苦痛を訴《うった》えることもなく濡《ぬ》れた目をしていた。

指で中からいじられ、身も世もなく悶《もだ》えていた自分を思い出すと、死にたいほどの羞恥《しゅうち》と絶望に見舞《みま》われる。

あんな淫《みだ》らな自分を認めたくはなかった。だが動かしようもない事実なのだ。

嫌というほど、覚えている。

感覚が蘇ってきて、ぞくりと肌が粟立《あわだ》った。

自分の腕を抱きしめるように、景は暗闇《くらやみ》の中で身体を丸めた。

「男妾《おとこめかけ》か……」

案外、自分にはそれが似合いかもしれない。

男を誘うやつだと、ずっと言われてきたのだから。

しょせん、自分にはそれしかないということなのだ。今まで否定しようとしてきたことが、はっきりしただけのこと。

景は深い呼吸を繰《く》り返した。

何も期待しないと誓《ちか》った。

何も望まないと。

そう決めて、ここへ来たはずだった。

人が普通に望むこと、楽しむこと、当たり前のようにすることを、景はとっくに諦《あきら》めていた。

阪崎はそんな景を見て、悲しそうに笑っていた。だが説教はしなかった。ただ口癖《くちぐせ》のように、君は幸せにならなければいけないと、穏《おだ》やかに呟《つぶや》くばかりだった。

彼がどうして急に、景をここへ連れてきたのか、その真意さえわからない。

別れ際《ぎわ》に、幸せになれと言われたけれど、彼の言葉を実行する気はなかった。だいたい、その方法が景にはわからないのだ。

それに今だって、不幸だとは思っていない。

何も感じないといえば、うそになるけれど……。

溜《た》め息をつくと、その息が思いがけず熱を帯びていたことに気がつく。身体の芯にまだ熱が残っているようだった。

ふいにリビングへと続くドアが音を立て、景は身を硬《かた》くした。

扉《とびら》は二重だ。だからノブの音が聞こえてから、実際に二つ目の扉が開くまでには少しだけ時間があった。

飛び込んできた光のまぶしさに、景は目を閉じる。

ホテルの中間照明すら、まぶしかった。光は苦手なのだ。

「おい、生きてるか？」

そう言いながら入ってきた皓介は、サイドのライトを点《つ》けながら、ベッドサイドに座った。

スーツ姿は、彼が今まで仕事をしていたことを意味している。

景は目を開けることで、問いかけに答えた。

「なんだ、おまえ食ってないじゃないか」

「……？」

コトン、と硬い音がするほうを見れば、サイドテーブルの上に、サンドウィッチが載《の》った皿が置いてあった。横にはペットボトルのミネラルウォーターもある。

「せっかくラップまで掛《か》けさせたってのに」

ぶつぶつ言っている皓介の体温をすぐ近くで感じながら、景は戸惑《とまど》いつつもあることに気がついた。

ドアの位置が逆だ。

ツインルームはリビングへ向かって左寄りにドアがあるのに対し、こちらは反対である。

首を巡《めぐ》らせて、確信した。

ここはダブルルームのほうだった。

「どうして……」

思わず呟いて、発した声のあまりのひどさに驚《おどろ》いてしまった。喉《のど》を潰《つぶ》したみたいに掠《かす》れて、ざらりとした声になっていた。

「ひどい声だな。まぁ、あれだけ喘《あえ》げば無理もないか」

揶揄《やゆ》するように言って、皓介はペットボトルに手を伸《の》ばす。軽い音と共にキャップが外された。

皓介は景の上体を起こしてくれて、口元にペットボトルを持ってきた。

手を添《そ》えて、水を流し込んだ。からからに渇《かわ》いていた口の中を潤《うるお》し、喉を癒《いや》して、室温に近くなった水が胃に落ちていく。冷たくなくて、かえってよかったと思う。

何度も飲み込んで、ようやく人心地がつくと、景はほっと息をこぼした。

「もういいのか？」

「……うん」

ペットボトルがテーブルに戻《もど》されても、皓介は景を腕《うで》と胸で支える形のまま、次の動作に移ろうとはしなかった。

まるで何かを確かめているようだった。

「サンドウィッチ食うか？」

黙《だま》ってかぶりを振《ふ》ると、大きな溜め息が聞こえた。

そうしていきなり顎《あご》を摑《つか》んで上向かされ、慌《あわ》てて景は目を逸《そ》らした。どうしても皓介の顔をまっすぐには見られなかった。

「確かめたいことがある。おまえ、ルームサービスの伝票はどうした？　ないじゃないか」

唐突《とうとつ》な問いかけに景は一瞬《いっしゅん》きょとんとし、それから怪訝《けげん》そうに言った。

「頼《たの》んでないから、なくて当たり前……」

「レストランで食ってたのか？」

「……部屋からは出てない」

「って、おまえ、何食ってたんだ……！」

こちらが驚くほどの勢いで怒鳴《どな》られて、景は身を竦《すく》めた。だが怯《おび》えるような怒気はなかったから、すぐに答えを口にした。

「冷蔵庫にあったチョコビスケット」

「バカが……！」

皓介は舌打ちをして、顎から手を離《はな》した。

「でも、水分はとってるし、別に死にはしないよ。あなたに迷惑《めいわく》はかけない」

「そういう問題か！　ふざけるな」

皓介はそう吐《は》き捨てると、景をベッドへと押しつけて立ち上がった。

怒《おこ》らせてしまった。きっと、リビングへ行ってしまうのだろうな、と思いながらその姿を目で追っていると、彼は窓際のテーブルから、バインダー式のルームサービスメニューを手にして、景のところへ戻ってきた。

「まったく……どういうやつなんだ？」

声の調子には、呆《あき》れと憤《いきどお》りが強く感じられる。景がメニューを手にしないことで、苛立《いらだ》ちはさらに募《つの》ったようだ。

メニューを開き、ぱらぱらと捲《めく》って、やがてまた舌打ちをする。

「飯ぐらい、言われなくても食え。おまえは幼児か」

「ルームサービスなんて、取ったことがないから……」

「なら、質問しろ。なんのためにその口はあるんだ？　よがり声出すためじゃないだろうが。いいか、ここにルームサービスっていうボタンがある。これを押せば、ホテルのスタッフが出るから注文すればいいだけだ。メニューになくても、リクエストには応じてくれる。苦手なものは言えば抜《ぬ》くこともできる。いいか、二度と冷蔵庫のビスケットなんかで二日も三日も過ごすな！」

電話機を示しながら説明し終わると、皓介はそのまま受話器を持ち上げて、実際にボタンを押した。

コールが数回あり、女性の声がこぼれてきた。

「ああ、何か消化が良さそうなものが欲しいんだが……そうだな、じゃ、ニョッキでいい。それから、ホットミルクとパンケーキ。あとは……シーフードコースでいい。モートンもボトルで。ああ……一つでいい。三六二一のリビングのほうに運んでくれ」

淀《よど》みなく注文を済ませた皓介は、受話器を置きながら景を見やった。こうするんだ、という手本でもあったようだ。

「基本的には、電話をした部屋に持ってくることになってる。持ってきたら俺の名前でサインすればいい。二十四時間、OKだ。わかったか？」

頷《うなず》く返事と皓介の溜め息が重なった。

言葉はそれきりだったが、視線はずっと離れていかなかった。無言で見つめられるのは、かなり落ち着かない。

だるい身体《からだ》を叱咤《しった》して背中を向けようとしたものの、皓介の手に肩《かた》を押さえられた。

触《ふ》れる手が、冷えた肩に心地《ここち》いい。

手のひらから、熱がじわじわと染《し》み込んでくるようだった。

「ゆうべのことは、覚えてるか？」

「……覚えてる」

「どこまで？」

「バスルームをいつ出たのかは、わからないけど……」

それすら、最後のほうは曖昧《あいまい》なのだ。指で弄《もてあそ》ばれて、景だけが快感に悶《もだ》えて、それを皓介は涼《すず》しい顔で眺《なが》めていた。

「どうして、こっちにいるわけ？」

「なんだ、覚えてないのか。風呂《ふろ》から上げて、乾《かわ》いてたほうのベッドに寝《ね》かせて身体を拭《ふ》いてやったんだ。結果的に両方、使えなくなった。さすがに、そんなベッドで寝かせるほど、俺は冷たくもないんでな」

「それは……どうも」

この場合の礼は単なる皮肉にしか聞こえないのだと、言ってから気がついた。

怒るかと思ったが、皓介は気にした様子もなくにっと口の端《はし》を上げる。

「あれくらいで気絶されるとは思わなかった。まあ、ビギナーじゃしょうがないか。意外だったけどな」

声に面白《おもしろ》がっているような響《ひび》きが含《ふく》まれている。再び長い指で顎を摑まれて、皓介に顔を向けさせられた。

「俺がビギナーから脱出《だっしゅつ》させてやるよ。男に抱《だ》かれるのが好きな身体にしてやる。今はまだ、キスもろくに知らないみたいだが……」

近づいてきた顔に、景は目を閉じる。

息が掛かり、唇《くちびる》を舌でなぞられて、ざわざわと素肌《すはだ》が騒《さわ》ぎ出すのがわかる。

皓介の言うとおりだ。キスなら何度か経験があるが、慣れているわけじゃなかった。

望んだことではなかった。一方的に口をこじ開けられて、乱暴に蹂躙《じゅうりん》されていただけなのだ。

身体を触《さわ》られるのも、皓介が初めてではなかった。

無理矢理《むりやり》キスをされながら、身体をいじられたことがあったのだ。もっとも、快感とは無縁《むえん》のことだったけれど。

「歯を食いしばるんじゃない。開けろ」

言われるまま、口を開いた。

景に求められているのは、皓介の性的な欲求を満たすこと。飼われている立場なのだから、

従うのは当然だ。

昨晩とは違《ちが》って、舌が入り込んでくるのはゆっくりだった。

舌を吸い、口蓋《こうがい》を舐《な》められると、肌が粟立《あわだ》って背筋を何かが走っていく。それが快感の一種だと察するのに、そう時間は掛《か》からなかった。

「っ……ふ……」

苦しさのない、ただ甘いばかりの快感に、意識が溶《と》けていく。

重い腕で、無意識に皓介のシャツを摑んでいた。

遠くで呼び鈴《りん》が鳴っている。だがそれ自体は景を現実に引き戻すほどの効果はなく、皓介が唇を離して、ようやく我に返ることができた。

「ずいぶん早いな」

あっさりと皓介は離れていき、一枚の扉《とびら》だけを軽く閉めた。隙間《すきま》を作っているから、防音の効果はない。ただ向こうからの視界を遮《さえぎ》っただけだろう。

はっきりとは聞き取れない話し声、食器が立てる音、そしてドアが閉まる音。

それからすぐに皓介は戻ってきた。

「来たぞ。メシだ」

普段《ふだん》の何倍もの力を出して、ようやく上体を起こす。じっと見るだけの皓介は、手を貸す素《そ》振《ぶ》りもない。

少し離れたところから、面白そうに眺めているだけだ。

「先に食べてていい」

「いや、気にするな」

無様な姿を見て、楽しもうということらしいと諦《あきら》めて、景はベッドの上を這《は》うように、足下《あしもと》まで移動した。

浴衣《ゆかた》が収められている場所は知っている。バスローブよりは、こちらのほうが遥《はる》かに近いのだ。

間違いなく足腰《あしこし》は立つまい。

這うだけでも、それを実感した。下半身にまったく力が入らなかった。

足を下ろし、ずるずるとベッドから身体を落とそうとした矢先に、「待て」と言って皓介が近づいてきた。

「よせ、汚《きたな》いだろうが。まったく可愛《かわい》くないな」

チェストから浴衣を出した皓介は、あっけに取られる景の前に立ち、無言で言葉を促《うなが》した。

黙《だま》っていたら、いつまでも渡《わた》してくれないつもりなのだ。

根比べをするつもりはなかった。

何も意地を張って、自分で取ろうとしたわけでもない。ただ、皓介に頼《たの》むという考え自体が最初からなかっただけだった。

「……浴衣……」

「が、どうした?」

「欲しい……です」

「最初から、そうやって頼めばいいんだ」

ふっと笑う気配を感じたが、俯《うつむ》いたままだったから、確かめることはできなかった。

糊《のり》のきいた浴衣を広げ、皓介は背中のほうから景に着せ掛けてくれる。

優《やさ》しいのか、そうでないのか、よくわからない。阪崎が言ったことは間違いないと思うのだが、昨晩のことを思うと、途端《とたん》に自信がなくなってしまうのだ。

とりあえずの体裁《ていさい》が整うと、皓介は目の前に膝《ひざ》をつき、顔を覗《のぞ》き込んでいた。

目を逸《そ》らす景にかまわず、彼は言った。

「で?」

「……歩けない」

「じゃ、どうする?」

どうやら機嫌《きげん》は悪くないらしい。顔を見なくても、声の調子でわかるものだ。景にお願いをさせているのが、面白いのだろう。

「連れていって……」

言い終わらないうちに、身体が掬《すく》い上げられた。昨晩と同じように、膝の裏に手を差し入れられ、横抱きに抱《かか》え上げられたのだ。軽々と、景の体重などまったく苦にした様子もない。

距離《きより》は十メートルほど。セッティングされたテーブルの前に、景は下ろされた。

向かいの椅子《いす》には皓介が座り、ワインを口にした。一つでいいと言ったのは、このグラスのことかと、どうでもいいことを今ごろ納得《なっとく》する。

景の前には、トマトソースのニョッキと、パンケーキ、そして湯気を立てるホットミルクだ。

未成年だということを配慮《はいりょ》したのだろうか……？　あまり意味のあることだとは思えないけれど。

「何してる。さっさと食え」

「……いただきます」

皓介の前で食事をするのは、ひどく緊張《きんちょう》した。

それきり会話はなかった。皓介はテレビをつけて、ニュース番組を流した。音があると、沈《ちん》黙《もく》が少しはごまかせる。

ときどき視線を感じたが、景は顔を上げることなく、柔《やわ》らかなジャガイモのニョッキを少しずつ口に運んだ。

やがてその皿がなくなりかけたところに、待っていたように皓介は言った。

「阪崎さんから、電話はないのか？」

「ないけど」

「そうか……俺のところにもない」

景が聞きたかったことを先回りして言い、皓介はメインディッシュを口にする。

最後の一口を無理に片づけて、景はフォークを置いた。せっかく頼んでくれたが、パンケーキのほうは入りそうもなかった。

皓介も、無理をして食べるようにとは言わない。足りなかった場合を考えて頼んでくれたのだろう。

「昼間、電話をしてみたんだけどな」

「え……」

「いなかったんだよ。海外だそうだ。お前、何か聞いてなかったのか？」

「何も」

景はかぶりを振りながら、どういうことかと考えた。

ほんの数日前まで、一緒《いっしょ》に生活していたのだ。海外へ行く予定があるのならば、話に出ても当然ではないだろうか。

解《げ》せないことはいろいろとあった。

景は自分がここにいる理由さえ、わからないのだ。

ただ、真剣《しんけん》な顔でこう言われただけだ。「今のまま、一緒に暮らすことはできなくなった。離《はな》れて暮らすことになる」と。

「きっと……何か事情があるんだと思う」

「どんな？」

「それは、わからないけど」

「ふん……本当に知らないみたいだな。だが急に手放された理由はわからなくても、五年も家に置いてもらった理由は知ってるんだろ？」

皓介は景が愛人ではなかったと知り、別の理由を求めている。知りたいと思うのは当然だ。何も聞かずに、ということ自体が無茶で、そして身勝手なことなのだから。

「亡《な》くなった父の親友だったんだ」

「へぇ……お袋《ふくろ》さんは？」

「母も亡くなった」

「そうか」

淡々《たんたん》と、だがけっして冷淡ではなく呟《つぶや》いて、皓介は別の番組に切り替《か》わっていたテレビを消した。

部屋の中はまた、しんとなった。

「で、いつまでこんな生活を続ける気なんだ?」

「……それは、いつまであなたの世話になるのかってこと?」

「そう、だな」

「決めるのは俺じゃない。あなたがこれ以上は嫌《いや》だと言えば、今すぐにでも終わる。阪崎さんだって、そこまで無茶は言わないよ」

得体の知れない人間を、数日とはいえ預かってくれたのだ。父親の恩などというもので、これ以上、皓介を縛《しば》ることはできない。

そもそも最初から理不尽《りふじん》なことだったのだ。

「もし俺がのしつけておまえを返して、阪崎さんが拒否《きよひ》したら、どうする気だ?」

「……そうしたら、飼ってくれる人を探してもらうよ」

阪崎は顔が広いから、物好きな人が一人くらいはいるだろう。

好きでもない人に抱《だ》かれるのは本当は嫌だけれど、贅沢《ぜいたく》なことを言っていられる身分でないこともわかっているつもりだった。

「おまえ……」

温度がすっと下がって、皓介が険を帯びた顔をする。顔は見えなくても、不興を買ったらしいことは、景にもわかった。

それきり皓介は何も言わなくなり、不機嫌にワインをあおるだけになった。

息苦しいほどの沈黙が部屋を支配していた。

互《たが》いにもう食事はしなかった。景は膝の上で手を握《にぎ》りしめているだけだし、皓介はワインしか飲まない。

皓介は意地を張っているのだろう。

自分から景に出て行けとは、言いたくないのだ。

「……あなたは、義理を果たしたと思う」

「黙《だま》れ」

「もう、昔の恩なんて……」

「黙れと言っただろうが。何度も言わせるな」

皓介はぴしゃりと遮《さえぎ》って、席を立った。そうして可動式のテーブルを回り込んで来ると、景の腕《うで》を掴《つか》んで引っ張り上げた。

さっきよりも乱暴に、今度はツインルームのほうへと戻《もど》されて、ベッドに投げ出される。

痛みはない。けれども、この扱《あつか》いに何も感じていないわけではなかった。

「そんなに男をくわえ込みたいなら、俺がしてやる。あとで来るから、そこで浴衣《ゆかた》脱《ぬ》いで、脚《あし》開いて待ってろ」

言い置いて、皓介は出て行った。

ベッドの上に座り込み、景は感情の波をやりすごす。

(平気……だ……)

何度もそう自分に言い聞かせた。

5

「最近、何かあったんですか？」

静香が突然《とつぜん》、前置きらしい前置きもなく言い出したとき、皓介はとうとう来たな、という気持ちで視線を向けた。

女は鋭《するど》い。まして毎日のように顔をつきあわせている相手ならば、プライベートでの変化すら敏感《びんかん》に悟《さと》ってしまうらしい。

もちろん皓介には、最近の態度と以前の態度に、違《ちが》いを作っているつもりはなかったのだが。

「別に」

「そうですかー？　なんか、違うんだけどなぁ……」

「どう違うんだ？」

「だから、なんか、です。だってごっちゃなんですもん。浮《う》かれてるんだか、イライラしてるんだか、落ち込んでるんだか、もうさっぱり。全部違うような、全部あってるような……」

よくわからないと言いながら極《きわ》めて正しいことを言っている静香に、皓介は心の中で脱帽《だつぼう》するしかなかった。

たぶん、どれもが正しいのだ。

いろいろな感情が一度にあふれ出し、自分でも対応しきれていない。

飽和《ほうわ》状態なのだった。

「たとえば朝見は、どういうことがあったと想像するんだ?」

「んー……そうですねぇ、たとえば……所長は体調不良を訴《うった》えていてですね、検査をするまでには至ってないんですよ。で、いろいろと自分で調べて、なんだ違うじゃないか、と安心して、次の瞬間《しゅんかん》には、やっぱりそうだ、と滅入《めい》って……そうですね、健康そうな人を見るとイライラしちゃう、みたいな」

「なんだ、それは……」

まるっきり的はずれな意見に、力が抜《ぬ》けそうになる。買いかぶりすぎていたか、と思いかけ、これは手だなと思い直した。

だから皓介は鷹揚《おうよう》に頷《うなず》いた。

「なるほどな。俺が恋愛《れんあい》をしているとは、思ってくれないわけだ」

「所長が相手に振《ふ》り回されるなんて、あり得ないですよ」

「そんなふうに思ってたのか?」

「だって事実でしょ。もしそんな女《ひと》がいるなら、お目に掛《か》かりたいですよ。紙吹雪《かみふぶき》散らして拍《はく》手《しゅ》しちゃいます。で、何かあったんですか？」

興味は大きいようだが、幸いにして、見当はまったくついていないらしい。

皓介は静香をかわしながら、部屋にいるだろう景のことを考えて、知らずにまた顔をしかめてしまった。

あれから、自分たちの関係が何か変わったということもない。

景は言われたとおりに皓介の言いつけることをこなし、それなりに食事もしているようだ。あの夜以来、一緒《いっしょ》に食事をすることはないが、景は景でツインルームのほうで、ルームサービスを頼《たの》んでいるようだった。

皓介は気が向けば、景を抱いた。いや、気が向けば……というのは正しくなく、自分を抑《おさ》えられなくなれば……というのが本当のところだ。

セックスを景が拒《こば》むことはない。

屈辱《くつじょく》的な格好をさせようが、口で奉仕《ほうし》するように命じようが、羞恥《しゅうち》に目元を染めながら、逆らうことなく要求を受け入れる。

相変わらず、いい扱いをしているとは言えなかった。

もっと優《やさ》しくしてやりたいと思う一方で、投げやりな従順さを見せつけられるたびに、暗い衝動《しょうどう》が湧《わ》き起こってしまう。

苛立《いらだ》つのだ。実のない従順さを感じるたびに、どこまでそれが続けられるのかと試《ため》してやりたくなる。一方で、抱いている間だけ見せる、はっきりとした表情の変化や生の反応に、満足している自分がいる。

厄介《やっかい》な感情だ。

そして、厄介な存在だった。

最初の晩に抱《いだ》いた予感は、まったく正しかったのだ。

「もういいぞ」

「あ、でもまだ時間が……」

「週末くらい、いいんじゃないのか」

「所長は？」

「電話待ちだ」

うそは通じたのか通じないのか、とにかく静香はにっこりと笑いながら返事をして、あっという間に帰り支度《じたく》をして飛び出していった。

大方、デートの約束でもあったのだろう。

年の近い雇用《こよう》者と二人きりの職場、ということを、付き合う相手はかなり気にするようで、今の彼氏には、他《ほか》に社員がいるように思わせているのだそうだ。

いろいろと大変だな、と思う。

大変なのは、こちらもだったが。

静香の言うことは、まったく正しいのだ。

理由はわかっていた。苛立つ原因も、感情がやたらと動く理由も、すべては景という一人の人間によるものだった。

皓介はデスクのキャビネットから、グレーの大きめの封筒《ふうとう》を取り出して、封を切った。

裏書に記された差出人は、あらかじめ知らされていた偽名《ぎめい》だ。中から出てきた茶色の封筒に書いてあるのが、本当の差出人である。

興信所に頼もうと決意したのは、二週間ほど前のことだった。

景のことを知りたいという気持ちは、あの夜以来、日増しに強くなり、とうとう抑えきれなくなった。それにはもちろん、阪崎が一向に捕《つか》まらないという理由もあった。

相変わらず阪崎は、海外から戻っていないという。

「水橋景……本名なのか」

偽名という線も考えたのだが、姓《せい》も名もうそ偽《いつわ》りがないらしい。

そして両親が亡《な》くなっているというのも本当だった。

ただし、実の両親が、だ。水橋の姓は、血のつながりのない、母親の再婚《さいこん》相手の姓らしいのである。

「旧姓は、小松崎景《こまつざき》……」

記憶《きおく》のどこかに、それは確かに引っかかった。

「こまつざき、けい？」

声に出して読んでみた瞬間に、皓介の中でパズルのピースがはまった。ぱちり、という音が聞こえてきそうなほどだった。

「あのときの子供か……？」

半ば茫然《ぼうぜん》と呟《つぶや》いていた。

記憶は一気に、十年前へと飛んでいた。

季節は今よりも数ヶ月先で、雪が降っていた。

当時、皓介は大学の一年生で、普通《ふつう》自動車の免許《めんきょ》をとったばかりだった。父親の車で、ちょうど阪崎のところへ顔見せがてらの使いをした帰りに、運の悪いことに雪に降られてしまったのである。

事故は雪のせいではなかった。単なる皓介の不注意だった。

交差点を右折しようとしたとき、自転車で横断歩道を渡《わた》っていた小学生を撥《は》ねてしまったのだ。

撥ねた、というよりは、フロント部分が自転車に接触《せっしょく》したといったほうが正しいだろう。だがとにかく、人身事故は人身事故だ。ぶつけた自転車に乗っていた小学生は自転車ごと倒《たお》れ、そのまま動かなくなった。

全身の血の気が引いたあの瞬間を、皓介は今でも忘れられない。

事故の直後はしばらく車の運転ができなかったし、今でも雪の日だけはごめんだと思っていて、実際にあれから一度も雪の中の運転はしていない。

撥ねた子供は、皓介が車を降りて駆《か》け寄ろうとしたときに、いきなり目を開けて立ち上がったのだ。

慌《あわ》てたのは周囲だった。寄ってきていた大人たちは口々に寝《ね》ていろ、動くなと言い、子供はどうしていいのかわからないといった顔で泣きそうになっていた。

大きな外傷は見た限りではなかったが、頭を打っていないとは言い切れず、確かに動かさないほうがいいように思えた。

皓介は子供に声を掛け、自分の膝《ひざ》に座らせて静かにしているように言い聞かせた。いくら動かないほうがいいからといって、雪がうっすらと積もったアスファルトの上に子供を寝かせたくはなかったからだ。

子供にコートを掛けてやり、地面に膝をついた状態で抱《だ》きかかえているうちに、救急車がやって来た。

もちろん皓介が付き添《そ》うわけにもいかず、そこで子供は救急隊員に任せたわけだが、すぐには子供の身元がわからなかったために、事情聴取《ちょうしゅ》を終えた足で皓介は病院に行き、親と連絡《れんらく》が取れるまでずっと一緒《いっしょ》にいたのだ。

結局のところ子供は奇跡《きせき》的にかすり傷ていどで済み、入院も検査だけで終わった。

病院に行って、再会したとき、女の子かと思うほど可愛《かわい》い顔をしていたことにあらためて驚《おどろ》いた覚えがある。

現に雪の中で抱きかかえている間、皓介は少女なのだと信じ、顔に傷がつかなくて良かったと、そう思ったものだった。

この子は美人になるだろうと。

そのときの子供の名前が、まさに小松崎景だったのだ。

だが記憶の中の幼い顔はもう思い出せない。綺麗《きれい》な顔をしていたことだけは覚えているが、顔立ちはさっぱりだ。

「確かに、美人になったな……」

景を腕《うで》に抱いたときの既視感《きしかん》は、脳の錯覚《さっかく》なんかではなかったのだ。

あれから何があって、景は笑わなくなったのだろうか。

病室に入ったとき、確かに強《こわ》ばった顔をしていた。皓介が近づいて、謝罪の言葉を掛《か》け、大丈夫《だいじょうぶ》かと問うと、そのましがみついて泣き出してしまったのだ。戸惑《とまど》いながらも宥《なだ》め、声を掛けていったら、会話に応じてくれるようになって、やがて笑顔《えがお》も見せてくれた。遠慮《えんりょ》がちに皓介を見つめて、はにかむようにして笑った。

人見知りで、シャイな子供だったのだ。

あの事故のあとは、すぐに示談が成立し、最初の年だけ年賀状を出してそれきりだった。報告書によれば、事故後、半年ほどで父親は亡くなったらしい。そして一年後に母親は水橋という男性と再婚している。

さらには、その一年後にあっけなく母親が亡くなったと書いてあった。

一度だけ会った母親の顔のほうを、むしろよく覚えている。彼女は、今の景にとてもよく似ていたからだ。とはいえ、印象がまったく違《ちが》う。母親のほうが表情もあけすけで、陰《かげ》がなく、記憶に残っているのも笑顔なのだった。

(けっこうな思いをしたんだな……)

まだ小学生の年で両親を次々と亡くし、残されたのは赤の他人だったという。

母親の死後半年足らずで、新しい父親は、また後妻をもらった。これもまた子連れで、景には数ヶ月違いの弟ができたらしい。

原因は、このあたりだろうと想像がつく。

誰《だれ》一人として血の繋《つな》がらない家族の中で、景は孤独《こどく》だったのではないだろうか。

家族はいない、と景は言った。

そして水橋という人物は、それほど景を可愛がっていた様子もなかったという。むしろ弟のほうに目をかけていたようだ。継母《ままはは》となった後妻に関しては、もっと露骨《ろこつ》に景を視界に入れなかったという。

水橋が経営している観光ホテルは、母体が老舗《しにせ》旅館であり、姉妹《しまい》館や関連施設《しせつ》を有していて、地元ではけっこうな名家だった。だが実子がおらず、順当にいけば景が跡《あと》を継《つ》ぐ予定だった。だが景が失踪《しっそう》するずいぶんと前から、つまり二人の兄弟が中学生になったころから、周囲を含《ふく》む意見は変わったらしい。

弟は、ずいぶんと周囲に人気があったようなのだ。成績が優秀《ゆうしゅう》なのは兄弟揃《そろ》ってのことだったが、弟はそれに加えてスポーツもでき、率先《そっせん》して委員などもこなし、どこにいても中心人物となるタイプだという。

一方で、皓介が記憶しているように、景はおとなしい少年だった。

そして今の景を見ても、自分から積極的に他人と関《かか》わろうとしなかっただろうことは想像にかたくない。

周囲の評判は悪くなかったが、跡継ぎにふさわしいのは弟のほうだという声が圧倒的《あっとう》だったという。

当時のクラスメイトによれば、景はいつも笑顔を浮《う》かべてはいたが、どこかお高くとまった感じがして近づきがたかった、とあった。

なまじ人形のように整ったあの美貌《びぼう》では、無口なだけでも、そう思われてしまうのだろう。

(あれは、そういうやつじゃない……)

景を擁護《ようご》するようなことを思うと同時に、皓介は自らに対して自嘲《じちょう》した。

まだ知りあって間もない相手の、それも抱くばかりで会話らしい会話をほとんど交《か》わしていない相手の何をわかっているというのか。

子供のころの景を少しばかり知っているとはいえ、しょせんは通りすがりの関係でしかなかった。

今の景にしても、似たようなものだ。わかりあうような関係ではない。そもそも皓介は景のことを何もわかろうとはしなかった。

こうして他人に五年前までの「水橋景」のことを調べさせたからといって、何を理解できるものでもないだろう。

(写真なんて、よく手に入ったな……)

失踪直前の写真が数枚、同封《どうふう》されていた。

どうやら学校内で誰《だれ》かが隠《かく》し撮《ど》りをしたものらしく、制服姿だ。この手の写真が当時、生徒間で売買されていたと、添え書きがしてあった。

さもありなん、だ。

写っているのは、笑顔の景だ。穏《おだ》やかに微笑《ほほえ》みを浮かべているが、それは病室で見た笑顔とはまったく種類の違うものだった。

無理に笑っているのだ。

そして陰のある美貌は、今よりもずっと幼く、子供の域を脱《だっ》していない。表情の作り方はともかく、あの事故当時の顔に近かった。

この直後から、景の消息はぷっつりと途《と》絶《だ》えている。それについては何の手がかりもないと報告書には書いてあった。

阪崎勲という名も、ここには一切《いっさい》登場しない。

失踪の原因についても、憶測《おくそく》ばかりが立って、本当のことはわからずじまいらしい。誰もが理由を容易に思いつきながらも、誰も実際に行動を起こすことは予想していなかった、というのが正直なところのようだ。

捜索願《そうさくねがい》は出されているが、結局のところそれだけだった。水橋の家に、景を本気で捜す気などはないのだった。

必死になっていたのは血の繋がらない弟だけらしく、当時のクラスメイトに、さんざん何か心当たりはないかと聞き込みをしていたらしい。

弟の、当時の写真もあった。景に背中からじゃれついているような——いや、他人にこれを見せびらかそうとしているような構図だった。

景よりも五センチほどは背が高く、気の強そうな顔をした少年は、少しつり上がった切れ長の目が印象的だ。五年経《た》ち、今はもっと大人びて、いい男になっていることだろう。そう思わせる顔立ちを、弟はしていた。

仲がいいというよりは、弟の無邪気《むじゃき》を装った独占欲《どくせん》を強く感じさせる写真だった。

現に、報告書には、学校内で水橋兄弟は「デキていた」ことになっていたそうだ。それだけ仲がよかったのだろう。

だがこの弟も、景のブレーキにはならなかった。

景のことを本当に知っているのは、おそらく阪崎だけなのだ。

そう思うことが、ひどく胸を叩《たた》いた。

阪崎に対して抱《いだ》くこの醜《みにく》い感情の正体は、まぎれもなく嫉妬《しっと》だった。恋愛《れんあい》関係も肉体関係もなかったというし、それを疑ってはいないが、景からの信頼《しんらい》を一身に受け、皓介の知らない景のことを知る彼を、今までと同じように見ることはできなかった。

報告書を封筒《ふうとう》にしまい、キャビネットに入れて鍵《かぎ》を掛《か》ける。

オフィスを出て、部屋へのエレベーターに乗りながら、皓介は初めて部屋に着くまでの時間が短いことに溜《た》め息をついた。

もっと時間が掛かるのならば、この混乱を少しは整理することができたかもしれない。

部屋に戻《もど》り、脱《ぬ》いだ上着をソファに無造作に載《の》せていると、ドアの音に気づいて景がツインルームから出てきた。

「おかえりなさい」

「……ああ」

普段《ふだん》と変わらない出迎《でむか》えをして、景は上着を拾い上げ、外したネクタイも受け取って、それらをクローゼットに収めた。

毎日のことなので、お互《たが》いに慣れたことだ。

クリーニングもそうだ。景が必要なことを伝票に記入し、ランドリーバッグに入れて、電話も受け渡《わた》しもすべてやる。戻ってきたものはビニールを破いて、それぞれの場所にまたしまってくれるのだ。

コーヒーを淹《い》れろと言えばそうするし、私的な関係の冠婚葬祭《かんこんそうさい》などで返事や連絡《れんらく》が必要なときも、景が代書をやっている。そう数はないが、意外なことに景はパソコンなども普通に使えるし、字も綺麗《きれい》だった。

もっとも後者は、イメージ通りだったが。

以前は皓介が自分でやっていたことだが、楽をするのに慣れてしまい、また自分でやることを考えると、うんざりするほどだ。

バスローブ姿で動く景を、皓介は黙《だま》って目で追っていた。

逃《に》げるように目の前を通りすぎたとき、ふわりとシャンプーの匂《にお》いが鼻孔《びこう》をくすぐり、皓介ははっと我に返った。

景は夕方にシャワーを浴びる習慣を作った。

それは、仕事から戻った皓介が、いつ身体《からだ》を求めるかわからないせいだ。着替《きが》えもそこそこに、すぐするときもあれば、しないままのこともある。

法則はないに等しい。皓介自身が、衝動《しょうどう》任せだからだ。

だがとにかく景は、いつ抱《だ》かれることになってもいいように、身体を綺麗にしておくことを決めたようだった。

経験のなかった景に、そういう習慣をつけさせてしまったのは皓介だ。

苦い後悔《こうかい》は、たぶんずっと前から彼の中にあった。

「待て」

ドアに手を掛けた景が、手を離《はな》して振《ふ》り返る。

だが動くことも、何かと問うこともなかった。ただ黙って、皓介の次の言葉を待っていた。

「おまえ、あのときの……」

思わず言いかけて、口をつぐんだ。

言って、どうなるというのだろうか？　過去に接点があったからといって、それがどんな意味を持つというのか。

景は何も言ってこないのだ。あのときの加害者が皓介だということを知らないのか、あるいは知っていて素知らぬふりをしているのか。

態度を見ている限りでは判断ができなかった。

十歳にも満たない子供だった。事故のことは覚えていても、相手の名前や顔を忘れてしまっても不思議はない。

だが一方で、こんな偶然《ぐうぜん》があるだろうかとも思う。

理由も目的もわからないが、すべて承知の上で、景はここにいるような気もした。

ならば、阪崎も知っていたのだろうか？

わからない。何もかもが、わからないままだった。

「何？　用がないなら、いい？」

素っ気ない声が、先を促《うなが》す。

これまで用がなければ呼ぶこともなかった皓介だけに、何も命じないことを訝《いぶか》っている様子だった。

目の前の景と、あのときの子供が上手《うま》く重ならない。

病室で見た子供はこんなに無機質な目はしなかった。確かに顔立ちには当時の面影《おもかげ》もあった
が、あまりにも纏《まと》う雰囲気《ふんいき》が違《ちが》いすぎる。

花がほころぶように笑い、皓介を見つめてきた子供はここにはいない。

「どうして、まともに目を合わせようとしないんだ？」

「……別に」

「別に、じゃ答えになってないな。意味はあるはずだ。今さら怒《おこ》りもしないから、俺が嫌《きら》いだ
というなら、はっきりそう言え」

言えというのに、景は俯《うつむ》いたまま小さくかぶりを振った。

否定なのか、単に返答を拒否《きょひ》しただけなのか、皓介にはわからなかった。

「だったら、俺を見ろ」

距離《きょり》を縮めようと足を踏《ふ》み出したとき、景は再びドアノブを掴《つか》んで部屋に逃げ込もうという

そぶりを見せた。

とっさに皓介は景に駆《か》け寄り、腕《うで》を摑んで引き戻した。

腰《こし》を抱き込み、顎《あご》を摑んだまま顔を寄せる。だがきつく目を閉ざした景が、皓介を見ることはなかった。

視線は常に一方通行で、けっしてぶつかることはない。景の視線を得られるのは、皓介が彼を見ないでいるときだけだ。

何度も背中に物言いたげな視線を感じたが、皓介が振り返ったときには、いつも跡形《あとかた》もなく霧《む》散《さん》していた。

自分たちの関係は、かつて加害者と被害《ひがい》者だった。

今は、どうなのだろうか。

命令によって身体を開かせている今も似たようなものではないのか。景にとって暴力でしかない行為《こうい》を続けている自分は、やはり今でも加害者ではないのか。

皓介は自嘲《じちよう》に唇《くちびる》を歪《ゆが》める。

後悔の味は、覚悟《かくご》していたよりもずっと苦いものだと知った。

唇をまぶたに寄せて、軽く触《ふ》れる。

まつげが唇に触れ、震《ふる》えているのが伝わってきた。

両のまぶたにキスをして、指先で小さな顔のラインをなぞる。

良くできた人形のような顔には、触れれば確かに温かみがあり、陶器《とうき》のような硬《かた》さなどない。

啄《ついば》むようなキスを繰《く》り返して味わう唇も、ふっくらとした弾力《だんりょく》があった。

「は……ぁ……」

甘い、吐息《といき》。

柔《やわ》らかな舌に、肌《はだ》の冷たさとは打って変わった口腔《こうこう》の熱さ。

同じ熱さを皓介は知っている。

景の身体の最も奥は——秘《ひ》められたあの場所は、その熱で皓介をも溶《と》かすのだ。


皓介は景をソファに横たえ、バスローブの前を開いた。

言いつけ通り、他《ほか》に何も身に着けてはいない。皓介がいないときもそうしているのかは知らないが、少なくとも抱こうとしたときに余計なものを着ていたことはなかった。

いつものように景は従順だ。

「全部してやる……」

自らに言い聞かせるように呟《つぶや》いた。

もう一度、唇を重ねてキスをして、手のひらで素肌《すはだ》を撫《な》でる。

奪《うば》うようなくちづけではなく、まるで恋人《こいびと》とするような、甘いばかりのキスだった。もっとも皓介は、かつての恋人たちとも、こんなキスをしたことはなかったが。

舌先を吸い上げて、歯列をなぞり、その付け根をも舐《な》めてやる。

戸惑《とまど》うように逃げる舌に、嫌《いや》がっている様子はなかった。

「っは……ぁ……」

長いキスから解放された景は、とろりとした表情で、力なくソファに身体を投げ出している。

細い首に唇を落とし、顎や耳や肩《かた》にキスの雨を降らせた。今まで愛撫《あいぶ》もしなかったところだった。

いつも皓介はことさら即物《そくぶつ》的に、最初から景の下肢《かし》をまさぐっていたから。

指を濡《ぬ》らし、後ろをいじって受け入れる準備をさせ、貫《つらぬ》いてからようやく胸や身体の中心をいじった。

愛撫のためというよりも、景の苦痛をごまかすことが目的だった。

何度も抱いてきたというのに、それは常に皓介自身の欲望を満たすためであり、楽しむためでも、まして景を喜ばせるためのものでもなかったのだ。

敏感《びんかん》な胸の粒《つぶ》を口に含《ふく》んで、吸い上げる。

かすかな悲鳴を上げて、景は肌を震わせた。

ここがひどく感じるらしいことは、よくわかっていた。身体を繋《つな》いでいるときにいじると、きつく後ろが締《し》まり、甘い声を放つところだ。

こんなに小さな突起《とっき》なのに、いじらしいほど愛撫に従順な場所。

皓介は執拗《しつよう》にそこを愛してやった。

「や……ぁっ…あ、ん……っ……」

尖《とが》ってきた乳首《ちくび》に舌を絡《から》め、口の中で弄《もてあそ》ぶ。痛くない程度に嚙《か》んで、舌先でざらりと舐めると、景は泣きそうな声を上げた。

だが苦痛ではないはずだ。それは景の身体《からだ》が自《おのずか》ら教えてくれる。

触れてもいないというのに、中心は反応しているのだから。

皓介はもう一方の粒に吸い付いて、それまで愛撫していたほうは指に任せた。

「っぁ…や……っ……」

敏感なところを優《やさ》しく同時に攻《せ》めてやる。指先は、口よりも少し強く、指の腹で擦《こす》りあわせて転がした。

景はひっきりなしに甘い声で喘《あえ》ぎ続け、涙《なみだ》で顔を濡らしている。

皓介の愛撫に応《こた》え、一つ一つ反応する感じやすい身体が可愛《かわい》くて、景を快楽に泣かせていることに満足した。

自らの欲望のためではなく、ただ景を喜ばせるために。抱《だ》かれる心地《ここち》よさを教えてやるために、皓介はキスを続ける。

「あっ……は、ぁ……」

どこもかしこも綺麗《きれい》で、そして敏感な身体《からだ》。

景の身体ならば、どんなところだろうと唇や舌で触れられる。

ためらいはなかった。

むしろ、触れたいとさえ思う。

自分の中の、そうしたはっきりとした変化が、皓介には意外だった。こんな感情は、今までにないものだった。

好意を抱いていただけの相手には感じたことのなかったもの。

誰《だれ》かをこんなに愛《いと》しいと思ったことは、かつてないことだった。

認めようとしなかった気持ちを認めてしまえば、自らを解放することは簡単だ。変化すら、当然のように思えた。

力の入らない身体を、ダブルベッドに横たえられる。抱き上げ、運んでまるで壊《こわ》れものを扱《あつか》うようにされ、下ろされる衝撃《しょうげき》はまったくなかった。くれるときもそうだった。

今までとは、違《ちが》う。

この部屋で抱かれるのは初めてだった。皓介は、自分のテリトリーを汚《けが》すまいとでもいうように、絶対にこのベッドをセックスに使おうとはしなかったのに。

触れてきたときから、今日はいつもとは違っていた。

首に落とされた唇が素肌を滑《すべ》っていくのを感じたとき、その心地よさに陶然となった。まるで子供のころに、頭を撫でられたときのような、うっとりとするような気持ちの良さだった。

景は絶頂の余韻《よいん》からまだ抜《ぬ》け出すことができないでいた。

少なくとも身体はそうだ。

さんざん胸をいじられて、だが逆に言えばただそれだけのことで、触れられてもいないのに景はイってしまったのだ。

淫乱《いんらん》なのだと思い知らされた気分だった。この身体が男に抱かれるためのものになっていくのを感じる。

あるいは、最初からそうだったのかもしれない。

ぼんやりと目を開けると、視界の隅《すみ》に、晧介が服を脱《ぬ》いでいるのが見えた。

(どう、して……)

シャツが投げ出されて、椅子《いす》の背に掛《か》けられる。

晧介が服を脱いだことはなかったのだ。彼はいつでも、着衣をほとんど乱すことなく、全裸《ぜんら》の景を組み敷《し》いてきた。

今日の晧介は、一体どうしたというのだろう。

苛立《いらだ》ちも、怒気《どき》もぶつけてくることはない。それどころか、まるで慈《いつく》しむようにして景に触《ふ》れてくる。

何がどうなっているのか、まったく理解できなかった。

あれは確かに愛撫だった。毎回のように指でいじられてきたのに、今までとはまったく違う感覚が景を狂《くる》わせた。

やがて服を脱ぎ捨てた晧介が再び覆《おお》い被《かぶ》さってきた。

張りのある肌に、筋肉で覆われた硬《かた》い肉体。体格の違いなどわかっていたことだが、こうして改めて直《じか》に触れるとその違いに愕然《がくぜん》とする。

「いや……っ……」

恐《おそ》ろしくなって、景は身を捩《よじ》った。

この身体が自分を抱いて、あの狂おしいほどの快楽の中へと突《つ》き落とすのかと思うと、とてもじっとしていられない。

初めてのときだって、こんなに怖《こわ》くはなかった。

「じっとしてろ」

もがく景を腕《うで》に抱き、皓介はなだめるように耳元にキスを繰《く》り返す。同時に手や指先が、身体のラインに沿って肌《はだ》を撫でた。

抱きしめられると、どうにもならなくなる。

身体中の力が抜けていってしまう。

景が抵抗《ていこう》できなくなったのを諦《あきら》めと取ったのか、あるいは了承《りようしよう》と取ったのか、皓介は少しずつ身体を下へとずらし、肩や鎖骨《さこつ》、そして胸へともう一度キスをした。

「あぁ……っ」

尖った粒に触れられると、そこから溶《と》け出してしまうような快感に襲《おそ》われた。

まるで飢《う》えた獣《けもの》が夢中で餌《えさ》を食《は》むように、皓介は胸の粒をしゃぶる。

じん、とした甘い痺《しび》れが指先まで駆《か》け抜けて、無意識にねだるようにして自分から胸を突き出していた。

神経がそこだけに集まってしまったようだ。

この身体はどうしてしまったのだろう。

かつては意識したこともない場所だった。そこで何かを感じることなど考えもしなかったし、皓介に触《さわ》られるようになって快感を紡《つむ》ぎ出す場所の一つだと知ったけれど、こんなふうになったのは初めてだった。

軽くくちづけられただけでも、泣き出してしまいたくなるほど感じてしまうなんて。

「やめ…て……」

おかしくなりそうだ。

理性が保てない。溶け出していく身体を止めることも、皓介を振《ふ》り払《はら》うこともできず、景はただ喘ぐことしかできなかった。

だめだと拒否《きょひ》しようとする心が、もっとしてほしいと望む身体に引きずられる。

ようやく離《はな》れていった唇《くちびる》は、景の手に何度かくちづけてから、指先を含《ふく》んだ。それからゆっくりと、また手のひらに触れ、手首から腕の付け根に向かって上がっていく。

懇願《こんがん》を聞き入れたわけでないのは確かだった。どうしようもないほど感じるのは胸だけではないと、景はそれから時間を掛けてじっくりと教えられたのだ。

「ぁ……ぁあっ！」

腰骨《こしぼね》のあたりを指で押されると、反射的に身体《からだ》が跳《は》ね上がる。溶けるような快感ではなくて、電流が走るような、一瞬《いっしゅん》のもの。

だがすでに溶け出していた身体には、たまらない刺激《しげき》だった。

触れられた場所は一つ一つ、すべて快感へと繋《つな》がっていて、それを断《た》ち切るすべはない。

だめだ、と頭の片隅では理性が叫《さけ》んでいたのに、身体は指先すら自分の思うとおりに動かせず、そのくせ皓介には素直《すなお》に従った。

こんなのは違うのに。

（どうして……どうして、こんな……）

問いかけようとしたつもりだったのに、声にはならなかった。

意味を成さない嬌声《きょうせい》しか、今の景には紡ぎ出せない。

やがて膝《ひざ》の後ろに手を当てられて、腰を浮《う》かせるように身体を折られた。腰の下には、ピローが二枚、重ねて押し込まれる。

とっくに力を失っていた身体は皓介にされるがままだったが、意識はかろうじて現実に立ち戻《もど》ろうとしていた。

湿《しめ》った熱いものが奥に触れた。

身体が震《ふる》え、新たな刺激を快感に変えた。

そこは何度も指でいじられてきた。中で動かされる感触《かんしょく》も、擦《こす》られる感触も、もう覚え込んでしまっている。

だがこれは違う。

知らない感触だった。

「ひ……ぁっ……」

うっすらと目を開けた景が見たものは、最奥に顔を寄せている皓介の姿だった。

「い、いやぁっ……！」

景は目を瞠《みは》り、次の瞬間にはぎゅっと目を閉じて、悲鳴を上げながらかぶりを振った。逃《に》げようと、もがいて暴れた。

だが予期していたように、皓介に押さえつけられてしまう。

「暴れるな」

愛撫《あいぶ》をしている間、喋《しゃべ》るのを惜《お》しむように口をきかなかった皓介が、ようやく静かにそう呟《つぶや》いた。

命令口調だったが、語調は強くない。むしろ宥《なだ》める響《ひび》きに近かった。

「全部してやるって言っただろうが」

「だ……め……」

無様な自分の格好よりも何よりも、あんな場所に皓介が口を付けているという事実が衝撃《しょうげき》だった。

皓介は、そんなことをしてはいけないのに。

だめだと、やめてほしいと繰り返して懇願したのに、皓介は聞き入れてくれずにまた舌を這《は》わせた。

襞《ひだ》の一つ一つを確かめるように、舌先が滑《すべ》る。

「や……ぅ……ん、ん……っ」

ぴちゃぴちゃと舌が鳴っていた。

耳を覆いたくなるほど、生々しく淫猥《いんわい》な音だった。

目を閉じていても、一瞬だけ見た光景が嫌《いや》というほど脳裏《のうり》に蘇《よみがえ》ってきて、景の羞恥心《しゅうちしん》と背徳感を苛《さいな》んでいく。

「いや……ぁ、あっ……も……許し、て……」

音と実際の感覚の両方で攻《せ》められて、景は泣きながら許しを請《こ》うた。

口ではそんなことを言っているくせに、浅ましい身体は愛撫を喜んで、勝手に腰を揺《ゆ》らめかせている。

もっと、とねだっていた。

その事実に打ちのめされ、閉じた目から涙《なみだ》がこぼれ落ちる。

「っ……ぅ……」

嫌だ、嫌だと、頭では思っているのに、実際には喜んでしまっている自分。これが真実なのだろうと言われている気がした。

柔《やわ》らかくなったそこから、舌先がずるりと入り込んできた。

「あぁぁっ……」

それ自体が、別の生き物のようだった。

熱く濡《ぬ》れたものに、内側から犯《おか》されている。指とはまったく違《ちが》う未知の感触が、景の思考力を麻痺《まひ》させていった。

抵抗しようという意識は快感に飲まれてしまう。

甘い毒が、唾液《だえき》と一緒《いっしょ》に送り込まれているようだった。

すすり泣く景を舌で長く犯してから、皓介はようやく指を入れてきた。

痛みなんてなかった。むしろむず痒《がゆ》いほど疼《うず》きだしていたそこは、長く節くれ立った指を歓《かん》喜《き》と共に迎《むか》え入れた。

「ん、ぁんっ……や、…ん、あん……!」

ピローが外され、景はシーツの上で、自分から指に擦りつけていくように腰を揺らして声を上げた。

だが、足りなかった。

指を増やされても満たされず、景は力の入らない腕を伸《の》ばして、皓介のものに触《ふ》れる。

胸を舐《な》めていた皓介が、顔を上げた。

「入れて欲しいのか……？」

笑《え》みを含《ふく》んだ声に、景はがくがくと顎《あご》を引いた。

「……し、て……」

そうだ。皓介のものが、欲しくてたまらなかった。

爛《ただ》れたように熱い内側を、硬《かた》くて太いもので容赦《ようしゃ》なく突《つ》いて、ぐちゃぐちゃにかき回されたかった。

いつもそうしているように、景は口の中で十分な硬さに育てようと、上体を起こしかけた。

その肩《かた》が、皓介の手によって押さえられてしまう。

「必要ない。さっきから、待たせてたくらいだ……」

聞いたこともないほどに、掠《かす》れた声で囁《ささや》かれた。

欲情に染まった、余裕《よゆう》のない声音《こわね》。

それを不思議に思いながら、景は息をついて身体の力を逃《に》がした。

「早く、ここに入りたくて……」

「あっ……う……！」

びくん、と背中がシーツから浮いた。

先が入り込んでくる感触に、ざわりと鳥肌《とりはだ》が立つ。嫌悪《けんお》のためなんかではなく、身体が喜んでいるのだ。

いつもより遥《はる》かに楽に、先端《せんたん》が入り込む。

「は……ぁっ、あ……あんっ！」

じりじりと入り込んでくるたびに、嬌声がこぼれた。開かされる苦痛などは、些細《ささい》なものでしかなかった。

それよりも、押し開かされる感覚に身体が喜んでいた。

感覚は曖昧《あいまい》なものなのだ。

苦痛さえも、快感にしてしまえる。

「熱いな……」

深く繋《つな》がったところで、キスをされた。唾液が混じり合うような激しいくちづけを交《か》わしながら、景は初めて皓介の背中に手を回した。

広い背中に、しがみつく。

飲み下せない唾液が口の端《はし》からこぼれて、喉《のど》まで伝っていった。

やがて皓介が景の中で動き出すと、錯覚《さっかく》ではない快感が生み出され、わずかに残った理性さえも塗《ぬ》りつぶそうとする。

「ああっ、あぁ……っ！」

それは壮絶《そうぜつ》な快感だった。

気持ちがいい、なんていうものではなかった。

全身が総毛立つような、細胞《さいぼう》の一つ一つで感じているような、そんな感覚。子供のように泣きじゃくって、ただ喘《あえ》ぎ続けることしかできなかった。

繰《く》り返し穿《うが》たれて、内側からぐちゃぐちゃになっていく。

「は…っ、あ……ぁっ、あん……っ」

「いい……か？」

問われるままに、何度も頷《うなず》いた。

「あっ、い……いいっ……」

景は我を忘れ、狂《くる》ったように腰《こし》を振《ふ》った。

いっそ壊《こわ》してほしいと、何度も思った。

それは初めて覚えた衝動だった。

深く抉《えぐ》られて、そのまま大きく中をかきまわされる。

「やぁっ……あぁぁっ……」

密着したまま小刻みに揺すられ、もう何がなんだかわからなくなっていった。

溶《と》ける——。

遠くでそう思ったとき、深い場所で熱いものが弾《はじ》けた。

断続的に注がれるそれを受け止めながら、景は真っ白になる意識の中で、すうっと落ちていく自分を感じていた。


規則正しい皓介の鼓動《こどう》が響《ひび》いてくる。

とくん、とくん、と耳を打つ音が心地《ここち》いい。

こんなふうに誰《だれ》かと眠《ねむ》ったことは、幼いとき以来だった。

乾《かわ》いたベッドを求めて、皓介がツインルームへと移ったことは、景もおぼろげながら覚えていた。

だがほとんど意識は沈《しず》みかけていて、何か話しかけられても、その意味を理解することも、記憶《きおく》することもできないような状態だったのだ。

セミダブルが並ぶベッドの一つに、皓介は景を腕《うで》に抱《だ》いたまま横になった。

そのときは現状を理解できなかったが、時間が経《た》つにつれて、霞《かすみ》が掛《か》かっていた意識がはっきりとしていった。

同時に、どうしてという思いに強く囚《とら》われた。

今日の皓介は、何もかもがわからない。

最後まで、いつもとは違《ちが》っている。こんなふうに、セックスが終わった後も景を放さないなんてことは一度もなかったのに。

どうして、と口に出して呟《つぶや》きそうになり、慌《あわ》てて唇《くちびる》を引き結んだ。

言えば、このひとときも終わってしまうような気がした。

眠っていると思っているのか、皓介が話しかけてくることはない。

ならばこのまま朝にならなければいいのにと、無理なことを願ってしまう。

腰を抱く手とは逆のそれが、ふいに髪《かみ》に触れた。

ぴくりとかすかな反応をしてしまったが、皓介は何も言わなかった。

そのまま髪を撫《な》でてくれるのを、景は戸惑《とまど》いながら受け止めた。

こんなふうに触れられていると、それがたとえ髪であろうと、ざわざわと身体《からだ》が騒《さわ》ぎ出してしまう。

まだ快楽の残り火は奥底でくすぶっている。神経の通っていない髪ですら、指の動きを愛撫《あいぶ》と錯覚して、内側から身を焦《こ》がしてしまいそうだった。

ぞくりと身震《みぶる》いがした。

溺《おぼ》れる怖《こわ》さに押しつぶされそうになる。

甘くてとろりとした蜜《みつ》の中で、なすすべもなく溺れていったこの身。もがいても叫《さけ》んでもどうにもできずに、ずぶずぶと沈み込んでいってしまった。

理性を失っていたあのときのことは、ところどころ記憶に残っている。

命じられたわけでもなかったのに、自分から皓介のものに触れようとしたことも。

欲しかったのだ。あれが自分の中に欲しくてたまらなくて、だから夢中になって、本能で求めようとした。

自分ではなくなった自分。

それとも、あれが本当の自分だというのか。

息を詰《つ》めて、薄《うす》く開いていた目をつむった。

髪を撫でていた手が、まるで気づいたように止まる。

このままずっとなどと望んだ自分を恥《は》じ入りながら、景は答えの代わりに、やんわりと皓介の胸を押し返した。

すると仕方なさそうな嘆息《たんそく》が聞こえ、腰を抱いていた腕が離《はな》れていった。

寂《さび》しさを伴《ともな》う喪失《そうしつ》感をやり過ごして景は言った。

「こんなの……だめだ」

「何が」

「今日みたいなやり方は……もう、してほしくない……」

「どういうことなんだ？」

「だって……あなたは俺を使って満足すればいいんだから。あなたが俺にああいうこと……するのは間違ってる」

愛撫なんて必要ないのだ。快感を得るのは皓介であって、自分ではない。

景はそう言外に告げた。

だが皓介はあっさりと返してきた。

「十分満足してる」

「でも、あんな……っ……」

「眠れないか？」

景はかぶりを振って、違うはずだと訴《うった》える。

身体を繋いでいた時間より、景だけが快感に喘いでいた時間のほうが遥《はる》かに長かった。飼われているほうがあんなに奉仕《ほうし》されるのは、明らかに間違っているだろう。

「嫌《いや》だったのか?」

問われて、はっと息を詰めた。

もしも嫌だったならば、どんなに良かっただろう。

そうじゃないから、だめなのだ。身体と同じように、心の一部が妙《みょう》な期待と誤解をしそうだから、あんなセックスはもうしたくない。

優《やさ》しくしないでほしかった。

だから、景は黙《だま》って頷いた。

皓介はふーんと鼻を鳴らし、揶揄《やゆ》するように言う。

「あんなに喜んでたのにか?」

「っ……」

「自分から入れてくれって言ったんだぞ。覚えてないのか?」

「知らないっ……そんなことまで言ってない……!」

「やっぱり覚えてるんじゃないか」

一度は放された身体が、再び腕に捕《と》らえられる。

笑《え》みを浮《う》かべた皓介は逃《のが》れようともがく身体を力で押さえつけたものの、ただ背中をさするばかりでそれ以上のことはしなかった。

まるで、小さな子供にそうするように。

「放せっ……」

「無駄《むだ》な抵抗《ていこう》、だな。おとなしくしてろ。飼い主の言うことは聞くのが道理だろうが。このまま眠らせろ」

「一人じゃ寝《ね》られないとでも?」

挑発的《ちょうはつ》に返せば、皓介は喉《のど》の奥で、くっと笑った。

「実はそうなんだ」

皓介はさらに軽口を返してくると、景の顔を胸に押しつけるようにして抱き締《し》めて、そのまま動かなくなった。

また心臓の鼓動が響《ひび》いてくる。

油断をすると、そのまま意識が沈んでいきそうになり、景は意識を現実に繋《つな》ぎ止めておこうと躍起《やっき》になった。

この男は優しいのか、そうでないのか、よくわからなかった。

6

ベッドに座る景の横に、皓介はブティックの袋《ふくろ》を放《ほう》り出した。

「……何？」

「服だ。早く着替《きが》えろ、メシを食いに行く」

一方的に宣言して背中を向けようとすると、ひどく驚《おどろ》いた様子で、景は言った。

「行かない。別に、食べたくないし」

「もう予約してあるんだ。つべこべ言わずに着替えろ」

相変わらず言いつけを守っている景は、浴衣《ゆかた》を着たまま微動《びどう》だにしなかった。あくまで従いたくはないという意思表示だった。

人目に付きたくないらしいということは、わかっていた。

失踪《しっそう》中だからなのか、他《ほか》に理由があるのかは知らない。だがここは、景の両親がいる町ではないし、阪崎の地元でもないのだ。

「行かないっていうなら、理由を言え。俺を納得《なっとく》させてみろ」

「それは……だって、俺みたいなのを連れてたら、変に思われる。ホテルの人たちだって、おかしいと思ってるだろうし……」

「俺は不都合はないぞ。おまえがセックスの相手だと知られたところで痛くもかゆくもない。もし未成年だということで引っかかるとしても、知らなかった、と言えば済むことだろ」

見た目が子供っぽいというならばともかく、景は二十歳《はたち》といっても無理のない容貌《ようぼう》をしている。それに、監禁《かんきん》しているわけではないのだ。電話は外へと繋がっているし、服も靴《くつ》も部屋にある。皓介が留守にしている昼間、勝手に出て行ったところで、それを皓介が止めるすべもないのだった。

「地下の駐車場《ちゅうしゃ》からは、車で直接店へ行く。店は個室だ。おまえの知り合いと会う可能性は、ほとんどないと思うが？」

偶然《ぐうぜん》がないとは言い切れない。しかしながら、他人に見られることがあるとすれば、部屋から駐車場までと、車から店に入るまでの間だ。

おまけに、たとえ景が地方の名家の出だろうと、実家にいたのは中学生のときまでの数年間にすぎない。知り合い自体が少ないはずだし、もし会ってしまったとしても、失踪当時と今を重ね合わせることは簡単ではないだろう。

「行くぞ。それともこのまま抱《だ》かれたいか？」

手を伸《の》ばして首を撫《な》でると、景はびくんと震《ふる》えてわずかに後ずさった。

あからさまな怯《おび》えに、皓介は溜《た》め息をつきたくなる。

優しく抱けば抱くだけ、景は逃《に》げ腰《ごし》になるのだ。嫌だ、という態度の半分は本当だが、嫌悪《けんお》を見せられたことはない。

抱くなというならばともかく、愛撫をするなとか、優しく扱《あつか》うなというのは、理解できなかった。

マゾヒストではあるまいし。

そうじゃないのは、はっきりしている。優しく愛撫してやったほうが景は感じるのだから。

今さら、性欲のはけ口のように扱うことなどできない。抱かれること自体を嫌がっているわけじゃないらしいから、なおさらだった。

「食事の時間分、余計に可愛《かわい》がってやってもいいんだが……？　そうだな、二時間くらいじりまわして、喘《あえ》がせてやろうか？」

「……行くよ……」

死ぬか生きるかの選択《せんたく》でもあるまいし。

そう思いながらも、皓介は黙って、景が袋から服を取り出すのを見ていた。

今日、外で人と会った帰りに、ふとウィンドウディスプレイに目が留まったのだ。景に似合いそうな服だと、とっさに思った。

実際にはその服を買ったわけではなかったが、白とオレンジの糸で編まれた綿のタートルニットは、表情の乏《とぼ》しい景の印象を和《やわ》らげてくれそうに思えて、つい手を出していた。腰まで隠《かく》れる丈《たけ》のニットと、オフホワイトのパンツ。靴もそれにあうようにあわせた。戸惑《とまど》いながらも、景がそれらを身に着けるのを見ていた。

自分の選んだ服を贈《おく》った相手が着ること、そして相手に似合うことが、これほど嬉《うれ》しいとは知らなかった。

（プレゼントくらいは、してたんだが……）

彼女の誕生日やクリスマスには、欠かさずものを贈ってきた。ブランド品のバッグだったり、アクセサリーといったものが多く、服というのは初めてだったが。

服というものは、また別の感覚を伴《ともな》うものなのかもしれない。

そう自分を納得させ、皓介は景を呼び寄せた。

クローゼットから帽子《ぼうし》を摑《つか》み、それを被《かぶ》りながら景はやってくる。

カジュアルな服の皓介はスーツ姿のときよりも若く見えるから、一緒《いっしょ》にいても年齢《ねんれい》的なアンバランスはそう大きくなくなるだろう。

だからといって友人に見えるかどうかは知らないが。

ここへ来たときと同じその帽子を被ると、景の顔は目元がほとんど見えなくなってしまう。

子供の目線でないと、まず無理だろう。

「そうやってると、男か女かもわからないな」

エレベーターを待つ間に、何の気なしにそう言うと、景はあからさまにほっとした様子を見せた。

表情ではなく、肩《かた》の力が抜《ぬ》けたように見えたのだ。

実際、体型はニットのせいでわかりにくくなっているし、もともと顎《あご》が細いので、女性のように見えるかもしれなかった。

他の客のいるエレベーター内でも、景は俯《うつむ》いたまま皓介のそばにいた。普段《ふだん》は距離《きょり》を取ろうとするのに、外だと心細いのだろうか。

（悪くないな……）

こんなに近くからだと、帽子のせいで顔がまったく見えないが、それも惜《お》しくはないと思えるほど気分は悪くなかった。

車に乗ってからも、景は帽子を取ろうとはしなかった。

助手席に乗っているのは皓介がそう指示したからであって、自ら望んだわけではない。

（人目に付きたくない理由、か……）

考えられるのは、家に連れ戻《もど》されるのではないか、という懸念《けねん》だろう。だが水橋家が、具体的に景を捜《さが》している形跡《けいせき》はないという。捜索願《そうさくねがい》以外で動いたのは、数ヶ月違《ちが》いの弟だけなのだから。

継母《ままはは》に、きつく当たられていたのではないか。

邪推《じゃすい》ではあるが、皓介はそう考えていた。

「今日、変わったことはなかったか？」

「何も……」

「また本か？」

「悪い？」

素っ気ない景の言い方にも、もう慣れた。

慣れたら腹も立たないし、むしろ可愛いと思えるようになった。けっして慣れない、とびきり綺麗《きれい》な猫《ねこ》を飼っているような気分だ。

すました顔のこの猫は、昼間は一人で本を読んでいるらしい。

阪崎のところから持ってきた、数少ない私物の一つにノート型のパソコンがあるのだが、それでよく書籍《しょせき》を買っている。それを常にサイドテーブルに積み上げているのだった。

「たまには運動でもしたらどうだ？」

「興味ない」

「おまえ、体力がなさすぎるぞ」

「あなたがタフすぎるんじゃないの」

「否定はしないが、おまえが人並み以下なのも確かだな。せっかくプールがあるんだ、泳いできたらどうだ？」

「……こんな身体《からだ》で？」

景は指先で、ゆったりとした首回りの襟《えり》を引っ張って見せた。隠されていた部分が露《あらわ》になると、そこにはくっきりと、濃《こ》い色をしたくちづけの痕《あと》があった。

首だけではない。身体中の至るところに、これと同じものがついているのだ。景の身体から、くちづけの痕が消えることはなかった。

確かに人前で肌《はだ》を晒《さら》すわけにはいくまい。

意図したわけではなかったが、その事実に皓介は笑《え》みを浮《う》かべた。

「そうだな。まぁ、運動なら俺とよくしているか」

「下世話」

嫌《いや》そうな声だが、どんな顔をしているかはわからない。

こうして普通に話しているときの景は、むしろ口が悪いんじゃないかというくらい、小気味よく言葉が返ってくる。

だが皓介が抱《だ》こうとすれば怯えるし、先ほどのように連れ出そうとすると拒否《きょひ》をする上に、黙《だま》り込んでしまうことが多い。

要するに、都合が悪くなると——その基準が皓介にはよく摑めていないが——、景は極端《きょくたん》に無口になるのだった。

やがて目的の場所に着いて車を止めると、景はようやく顔を上げて窓の外を見た。

「旅館……？」

「ああ、降りるぞ。こっちは裏手なんだ」

「嫌だ」

景は強い口調で言って、かぶりを振《ふ》った。

ここまで来ておいて、どうしたというのだろうか。

「別に泊《と》まるわけじゃない。部屋を借りて、メシを食うだけだ。ここで押し倒《たお》したりはしないから安心しろ」

「そうじゃない。違う……とにかく、俺は降りないから。ここで待ってる」

「おい……」

　戸惑いながら外を見て、ようやく思い当たる。

「……旅館てのが、問題なのか？」

「そんなこと言ってない」

「言ったも同然だろうが。心配しなくても、ここは俺の親友の家だから、言えば便宜《べんぎ》を図《はか》ってくれる。もし、おまえの実家の関係者と知り合いだったとしても、黙っていてもらうように頼《たの》めば、その通りにしてくれるさ」

「っ……」

　弾《はじ》かれたように、景は顔を上げた。だが相変わらず、帽子で目元は見えなかった。

「俺のこと、調べたの……？」

「ああ。悪いか？」

「人のことを勝手に探《さぐ》るのが、悪くないとでも？」

「じゃあ聞くが、言えば教えてくれたっていうのか？　そうじゃないだろうが。おまえも阪崎さんも、人間《ひと》一人引き取った俺に、ろくに説明をしなかった。調べるなというほうが無理じゃないか？」

　言いながら、皓介は気がついた。

そのくらいのことは阪崎も予想していたのではないだろうか。もっともらしい作り話さえ口にしなかったのは、皓介が調べるように仕向けるためではなかったのか。

思い始めたら、そうとしか思えなくなった。

阪崎は周到《しゅうとう》な男だ。穏《おだ》やかな表情とその人柄《ひとがら》は真実だが、ただそれだけの、人がいいだけの男ではない。

調べる必要があるのは、景だけではなかった。

目の前では、その景が貝のように口を噤《つぐ》んでいた。皓介の言い分がもっともだと認めたのだろう。

「文句がならない降りろ」

「……どこまで、知ってるわけ？」

「聞きたければ来い。いつまでもこんなところで話をする趣味《しゅみ》もないんでな」

言い放ち、先に車を降りて大きな音を立ててドアを閉めても、一向に助手席のドアが開くことはなかった。

やれやれと嘆息《たんそく》し、皓介は外からドアを開けてやった。

景はシートベルトすら外していなかった。

「まったく……」

呆《あき》れながらも、笑っている自分に気が付いて、皓介はそんな自分をこそ笑いたくなった。

少し前まではこんなことがあっても、苛立《いらだ》っだけだったろう。相手への認識《にんしき》が変わると、感情までもがいちいち別の反応をするらしいと、新たな発見をした気分だった。

甘いことだと思いながら、皓介は携帯《けいたい》電話を取り出す。

登録してある中から、目当ての名前を呼び出すと、すぐにボタンを押した。

「ああ……俺だ。もう裏の駐車場《ちゆうしや》まで来てる。それで一つ相談なんだが、裏から入れてくれないか？　そうなんだ、ちょっと連れがぐずってるんでな。できれば、仲居さんたちと会わないようにしてくれると助かる」

交渉《こうしよう》は短時間で済んだ。このあたりが、気心の知れた仲というやつだ。特別に言い交《か》わしたわけではないが、互《たが》いに便宜はできる限り図ることになっているのだった。

電話を切ると、皓介はシートベルトを外して、景の手を摑《つか》んだ。

「そういうわけだ。行くぞ」

返事は、溜《た》め息が一つ。

諦《あきら》めにも似た了承《りようしよう》ということだった。

間もなくして、勝手口からひょっこりと一人の男が現れる。先ほどまでの電話の相手である、佐川真彦《さがわまさひこ》だ。

旅館のはっぴを着て、ちょいちょいと手招きをしている。

眼鏡《めがね》を掛《か》けて、ひょろりとした、クラスに一人はいそうな委員長タイプだ。実際、彼は高校のときにそうだったが、中身は見た目の印象とは違《ちが》い、堅《かた》くもないのだった。

「ほら、来い」

勝手口から内《なか》へと入り、挨拶《あいさつ》もそこそこに部屋へと向かう。上手《うま》くやってくれたようで、部屋に着くまで誰《だれ》にも会わなかった。

通されたのは十畳《じょう》ほどの部屋だ。たたずまいは古いが、手入れの行き届いた室内で、新しい建物には出せない風情《ふぜい》というものがある。

真彦はふすまを閉めると、両手をついて深々と頭を下げた。

「ようこそお越《こ》しくださいました。すぐにお食事をお持ちいたしますので、少々お待ちくださいませ」

「おまえにそういうことを言われると、背筋がぞくぞくするな」

「一応、客だし？」

「俺が客なのは今日が初めてじゃないだろうが」

景がいるからなのは、間違いなかった。

まだあからさまな態度には出していないが、真彦が連れの景に興味を示しているのはわかりきっていた。

「もう帽子《ぼうし》は取れ」

大丈夫《だいじょうぶ》だから、という意味で告げると、景は黙って帽子を脱《ぬ》ぎ、真彦に向かって綺麗《きれい》に頭を下げた。

「うわー、美人さんだねぇ。モデルさんか何か？」

「いや、違う」

「あ、そうなのか。人目に付きたくないみたいだったし、帽子被《かぶ》ったりしてたから、てっきり芸能人なのかと……」

「ああ……なるほど」

そういう誤解もあるのかと、思わず納得《なっとく》してしまう。まして景は顔立ちが綺麗だし、頭が小さくて、手足がほっそりとしていて長い。

いっそ、そうしておけばよかった。

「初めてじゃないか、おまえが誰か連れてくるなんて」

意味ありげな視線を、皓介はばっさりと切って捨てた。

「気が向いただけだ」

そう、理由などあるはずもない。たまたまホテルの食事に飽《あ》きたところに、たまたま服に目がいって、景を連れ出そうかと思い立っただけだ。

ほんの気まぐれだった。

だが真彦は、ふーんと鼻を鳴らして口元で笑っている。

「テリトリー意識、人一倍強いのにな」

「うるさい」

「しかし、綺麗な子だなぁ……」

「いいから、さっさとメシを食わせろよ」

「はいはい。酒……は車だからだめか。いっそのこと泊《と》まってけば？　本当はうち、旅館なんだぞ。わかってるか？」

一度として泊まったことがないくせに、二月に一度は来ている皓介を、真彦はそう言って窘《たしな》めた。

だが皓介にだって言い分はある。部屋が空いていることを確かめてから、部屋を取っているのだから。

「帰るよ。それより、メシ」

早くしろという意味を込《こ》めて手を払《はら》うと、はいはい、とまた信憑性《しんぴょうせい》の薄《うす》い返事をして、ようやく真彦は出て行った。

どうやら、彼が運んでくれるようだ。

「……あの人は？」

「俺の友人だ。口数は多いが、肝心《かんじん》なところでは口が固くて、信用できる」

その分、この部屋にいるときは、うるさいくらいだろうが。

一瞬《いっしゅん》の沈黙《ちんもく》のあとで、景が口を開こうとすると、ふすまの向こうから、「失礼いたします」という声が聞こえた。

大きめの盆《ぼん》に載《の》せてきたのは、いわゆる旅館御飯《ごはん》ではない。客には出さないような家庭料理だった。

これが皓介の注文なのだ。

もともとここは料理旅館であり、併設《へいせつ》した小料理屋では、大女将《おかみ》が現役で頑張《がんば》っているのである。

「ま、どこにでもあるものですが……」

そう言いながら、真彦はてきぱきと小皿料理を並べていく。

「美味《うま》そうだな」

「飲みたくなるだろう？　いいじゃないか、朝帰れば」

「ちょっとわけがあってな」

「ふーん、まぁ、それなら仕方ないけど、ホテルなんて味気ないだろう？　うちに泊まれば、いたれりつくせりなのに」

真彦は深くは尋《たず》ねようとせず、さり気なく話を変えていく。できた友人というのは、これだから楽である。

「たまにはいいんだろうが、毎日はきついな。ホテルのほうが気ままでいい」

「つまんないやつだ。旅館もいいぞー」

旅館、旅館、と言うたびに、景がどんな気持ちになるのかが、少し気になった。

だがもちろん真彦を止めるわけにはいかない。そういうあからさまな気遣《きづか》いは景も望んではいないだろう。

そもそも連れてきたのは皓介なのだ。しかしながら、意図があってしたことではなかった。

景の態度を見て初めて、しまったと思ったくらいである。

「ところで、味噌汁《みそしる》とご飯は、もう持って来てもいいか？」

「ああ」

再び真彦がいなくなると、待っていたように景は口を開いた。ぐずぐずしていたら、また戻《もど》ってきてしまって、タイミングを逃《のが》すとでも思ったのだろう。

「それで、どこまで知ってるわけ？」

「外から見た、おまえと水橋家の関係。あとは……十年前の事故のことだ」

「……そう」

覚悟《かくご》をしていたのか、期待していたほどの反応はなかった。

景は感情を隠《かく》すのがとても上手い。

いつからこんな顔をするようになったのだろうか。もう、昔のように笑うことはできないのだろうか。

皓介は無意識にまた、病室で見た顔と今の景の顔を重ね合わせていた。

「あのときの子供……おまえだったんだな」

「なんのこと？」

淡々《たんたん》とした口調と目で景は言い放った。

「交通事故だ。俺がおまえの自転車にぶつけて……」

「ああ、あの事故？　ふぅん、あなただったんだ？」

まるで初めて知ったように言葉と、その平淡《へいたん》な口調がどうにもちぐはぐだった。違和《いわ》感がありすぎて、どこからどう切り崩《くず》したものか、わからなくなってしまう。

そうしているうちに、景が続けた。

「事故の前後の記憶《きおく》が飛んでるんだ。だから当日のことも、入院してたことも覚えてない。そういうことがあった、っていうのは、あとから聞いて知ってるけど」

ただそれだけのことだと、景はさらりと流してしまう。さり気ないふうを装《よそお》って、しかしながらひどい違和感をまとわりつかせながら。

信じられなかった。

景はおそらくうそを言っている。

だが問いつめる前に、またもや真彦がやって来た。

彼は新たな小鉢《こばち》や皿と、椀《わん》と茶碗《ちゃわん》をそれぞれの前に置き、二人が箸《はし》を持ってもいないことに気づいて悲しそうな顔をした。

故意だということくらい、皓介にはわかっていた。

「どうぞ？」

「ああ……そうだな。おまえも食え」

「……はい」

人前だからか、景も下手に反抗《はんこう》したりはせず、おとなしく箸を持った。

真彦が雰囲気《ふんいき》の重苦しさに気づいていないはずはないが、ここでもやはり余計なことは言わなかった。ただ普段《ふだん》よりも笑顔《えがお》を倍増させて、皓介たちのために茶の用意をしてくれる。

ほうじ茶の香《こう》ばしい香《かお》りが漂《ただよ》った。

「どう、美味い？　若い子には、イマイチかな？」

にこやかに話しかけられた景は、それが自分への言葉だと気づくと、目を瞠《みは》りながら慌《あわ》てて首を横に振《ふ》った。

同じしぐさを見たことがあった。

変わっていない景の一部分。あるいは押し殺した彼自身を解放できたら、その下にはかつての景があるのだろうか。

「そんなこと、ないです」

「よかったらおかわりしてね」

「ありがとうございます」

えらく素直《すなお》な態度に、皓介は面食《めんく》らう。と同時に、不愉快《ふゆかい》さも感じた。景はちゃんと真彦の顔をまっすぐに見ているのだ。

それに初対面のときの皓介への態度は、もっと反抗的だった。

むっつりとする皓介に気づいたのは、真彦が先だった。

「なんだ、その仏頂面《ぶっちょうづら》？」

「うるさい。さっさと下がれ」

「はいはい。では、ごゆっくり。何かあったら、内線でも携帯《けいたい》でも」

真彦が立ち去ってしまうと、部屋には沈黙《ちんもく》が訪《おとず》れた。

結局のところ、彼が景のことをどう思ったのかはわからない。

男だということは当然ながらわかっていたはずだが、特に態度は変わっていなかった。そのくせ、意味ありげなことは言っていた。それが理解によるものなのか、単なる鈍《にぶ》さなのか、無関心なのかは計り知れない。

寝《ね》た子を起こす気はないから、それはそれで放《ほう》っておくに限るが。

それよりも、今は話の続きだ。にわかに不機嫌《ふきげん》になったことも、とりあえずは脇《わき》へと押しやっておく。

「話は戻るが、本当に何も覚えていないのか？」

「そう言っただろ」

温度を感じさせない表情で景は答えた。つい今し方、真彦に見せたような顔は、もうどこにもなかった。

「名前にも聞き覚えはないっていうのか？」

「ないよ。十年も前だし。あなただって、ずっと覚えてたわけじゃないだろ？　調べて、思い出したんじゃないの？」

舌打ちしたいほど、その通りだった。こういうときは、景がひどく小憎《こにく》らしく思える。

どうして自分を見ようとしないのか、子供のときのような顔を見せないのか、それを思うと皓介の表情も険しくなる。

「だったら、どうしておまえは俺の目の前にいるんだ？」

「偶然《ぐうぜん》」

ぽつりと、景は言った。

「へぇ……偶然ねぇ」

そんなわけがあるかと、このまま怒鳴《どな》って、うそを指摘《してき》してしまいたい衝動《しょうどう》に駆《か》られる。景を落とすのはたやすい。認めさせるには身体《からだ》に聞いてしまうのが一番だ。だが、それでは意味がない。

いつまで経《た》っても、自分たちはこのままだ。

(待て……)

皓介は自らの考えに、思わず疑問を投げかける。

このままではいたくないと、自分は思っているのだろうか？

では、どう変わっていけば満足するのか。

その答えは、あっさりと見つかってしまった。

いや、たぶんずっと前から気づいていた。ただ皓介が今の今まで認めようとはしなかっただけのことだ。

目の前にいる綺麗《きれい》な者に、皓介はもうとっくに囚《とら》われていたのに。

無表情の仮面を剝《は》がしたいと、あれほど切望していたのに。

皓介は溜《た》め息をついて、窓の外を見つめた。

坪庭《つぼにわ》に植えたツツジの葉が、揺《ゆ》れている。

いつの間にか、雨が降り出していたらしかった。

「雪が……降ってたんだよな」

ぽつりと呟《つぶや》けば、景はほんの一瞬《いっしゅん》、動きを止めた。だがすぐにまた、何ごともなかったかのように食事を続ける。

緊張《きんちょう》した空気が伝わってきていた。

「確か、フードのついたクリーム色のダウンジャケットを着てたな。警察で聞くまで、おまえのことを女の子だと思ってたんだ」

「……そう」

「俺は、あれから一度も雪の日に運転はしてない」

もっとも東京にいる限り、それはそう多くある機会ではないし、自分で運転をしなくても、さほど支障はないのだけれど。

今よりも、むしろ学生時代のほうが苦労した。友人とスキーをしに行くときに、運転手になるのを逃《に》げ回っていたからだ。

景は何かを考えるように、自分の手元を見つめていた。

どうして覚えていないなどと言うのか、それを追及《ついきゅう》する気は、もうなくなっていた。

7

ホテルから送られる請求書《せいきゅう》と明細を見て、皓介は知らず顔をしかめた。

（あいつ……ちゃんと食えと言っただろうが）

景が来たからといって、その額が跳《は》ね上がったということはなかった。部屋代は変わらないから、せいぜいルームサービスの料金くらいなのだ。

だがそれもどうやら一日一回で、量も大したことがない。遠慮《えんりょ》しているのか、三食摂《と》るという概念《がいねん》がないのかは、わからなかったが。

これは今日、帰ったら早速《さっそく》、説教だ。朝は遅《おそ》いからともかく、最低二回は食えと、言って聞かせなければ。

「所長、眉間《みけん》に皺《しわ》、寄ってます」

静香に指摘されて、皓介は大きく息を吐《は》き出すと共に力を逃《に》がした。

差し出された封筒《ふうとう》は、先日と同じ色をしていた。興信所からの新しい報告書が届いたのだ。

「……朝見」

「はい？」

「おまえ、彼氏に触《さわ》られるのが嫌《いや》だってことはあるか？」

「うーん、そういう質問ってセクハラになりませんか？」

笑いながらの言葉が本気であるはずはないが、皓介は何度か軽く頷《うなず》いて、まずは降参の意を示した。

「言い方がまずかったな。つまり……ストレートに言うと、マゾでもないのに優《やさ》しく……というか、普通《ふつう》に扱《あつか》われて嫌がるというのは、どういうことだと思う？」

「……なんだか、変わったことになってるんですね」

「ちょっとな」

「そうですねぇ……」

静香は頬《ほお》に手を添《そ》えて、考え込むしぐさを見せた。

部下にこんなことを相談するのは、自分でもどうかと思うのだ。だが、ある意味で友人よりはマシだとも思っている。男に聞いても仕方なさそうな気がしたし、ゲイの知り合いもいないし、こんなことを言える女性も、静香以外にはいない。

やがて彼女は、皓介を見て言った。

「考えられるのは、前の男でのトラウマじゃないですかねぇ。扱いは優しかったんだけど、何かものすごく嫌な思いをしたとか」

「それはないな。俺の前に、男はいなかった」

「あ、そうですか。それはまた……嬉《うれ》しそうですね。そんなに男って、最初の男になりたいものなんですか？」

ふてくされた問いかけに、皓介は軽く肩《かた》をすくめた。

「別にこだわりはないが……。まぁ、今回は特別だな」

何がどう特別なのかは、説明のしようがなかったが、幸いにして静香がそこを突《つ》っ込んでくる様子はなかった。

「他《ほか》にないか？」

「ないか、と言われても……うーん、接触嫌悪症《せっしょくけんおしょう》ってわけでもないんですよね？」

「違《ちが》うな」

「えー……っと、ちょっと突っ込んだことをお聞きしてもいいですか？　所長の普通の基準がそもそもよくわからないんですけど」

もっともな質問だった。同時に、静香がある種の疑いを抱《いだ》いていることも伝わってきた。つまり、皓介が自分では普通だと思っている行為《こうい》が、世間一般《いっぱん》でいうと特殊《とくしゅ》なのではないか、と疑っているのだ。

「普通と言ったら普通だ。縛《しば》りもしないし、殴《なぐ》ったりもしない。道具類も薬も、一切《いっさい》使わない。

特殊な場所でしたこともないし、他人に見せたこともないな」

「それじゃ、単純にあれじゃないですか？　セックスそのものが嫌」

「嫌なやつが、感じまくるのか？　それに、嫌がってるのは前戯《ぜんぎ》や後戯だ。それをするなと言われるんだよ」

「最初にそれ言ってくださいよ。でも珍《めずら》しいパターンですね。普通、逆では？　そっちがおざなりで不満だっていうのは、割とよくあると思いますけど……」

そうだろう、と皓介も思っている。だからこそ、景が理解できないのだ。嫌だと言いながら、愛撫《あいぶ》に溶《と》けていくことも。

本当に嫌ならば、身体も拒絶《きょぜつ》するはずではないか。

だが駆《か》け引きではないだろう。景はそんなふうに立ち回れるタイプではない。

「単純にあれじゃないですか、恥《は》ずかしいとか、理性を失うのが怖《こわ》いとか」

「そんなことなのか？」

「わかんないですけどね。その彼女がどういう人か知らないし。私がこっそり聞いてもいいんですけど、女の第三者がしゃしゃり出て行くと、ろくなことにならないんですよね」

彼女ではないのだが、もちろん訂正《ていせい》などはしない。会わせるわけにいかないのは、どのみち変わりないのだ。

結局、それ以上の意見は出てこず、間もなく終業時間を迎《むか》えた。

礼を言って静香を送り出し、二つ目の報告書の封を切る。

こちらは阪崎に関することだった。

あれからも阪崎はすぐに捕《つか》まらず、伝言を聞いて向こうから連絡《れんらく》を寄越《よこ》すといった状態が続いている。避《さ》けられているわけじゃないのは、電話が来ることではっきりしている。外へ出ていたとか、来客中だったとか、皓介からの電話に出なかった理由は様々だが、とにかく一度もすんなりと捕まったことはないのだ。

何かがおかしい、と皓介に思わせるには十分だった。

いつも携帯電話だから、居場所も摑《つか》めない。

景が阪崎と連絡を取り合っている様子もなかった。皓介自身の使用以外で、外線の記録はまったくないからだ。もちろん、知らない間に部屋を抜《ぬ》け出しているとか、携帯電話を隠《かく》し持っているというのならば話は別だが、そちらの可能性もないのだった。

報告書を読み進めていくうち、皓介の表情は驚愕《きょうがく》と共に険しくなっていった。

「そういうことだったのか……」

皓介は報告書を最後まで読むと、封筒に戻《もど》した紙の束をキャビネットに戻すことなく、オフィスを出た。

このことを、景が知っているのかどうか、確かめたかった。

部屋に戻るとすぐに、ツインルームのドアをノックする。

返事はなかったが、すぐにドアが内側から開いた。

「ちょっと、これを読んでみろ」

いきなり突き出した報告書を見て、景は不審《ふしん》そうな顔をした。

「これ、何？」

「いいから読め」

押し込むようにして中へと入り、ベッドに腰掛《こしか》ける景の一挙手一投足を見つめた。

わずかな反応すらも見逃《みのが》すまいと思っていた。

封筒の中から出した紙の束を見たとき、景が眉《まゆ》をひそめた。

「阪崎さんまで調べたんだ……」

非難を含《ふく》んだ声は予想していたものだった。阪崎に関する調査報告書であることは、表題でわかることなのだから。

「何度電話しても繋《つな》がらないからな。理由がわかったぞ。そこに書いてある」

「……」

景は逡巡《しゅんじゅん》し、やがて紙を捲《めく》った。

読み進めていくうちに、その表情が強《こわ》ばっていくのが見て取れた。そして、大きく目を瞠《みは》ると同時に、ばさりと書類が閉じられる。

(知らなかったのか……)

床《ゆか》を見つめたまま動かない景に、皓介はそう冷静な判断を下した。

報告書には、阪崎がガンであると記されているのだ。そのために、すでに入院生活に入っていると。

病院に入ったのは、景をここに置いていった翌日のことだった。

助からないというわけじゃない。だが百パーセント回復するというわけでもなかった。五分五分だろうと、ここには書いてある。

だから万が一のことを考えたのだろう。それに、阪崎が入院中、景が一人になってしまうことも心配だったに違いない。

やはり飽《あ》きたわけでも、手に負えなくなったわけでもなかったのだ。

「どうする?」

「……どう、って……?」

素っ気ないふうを装《よそお》っているが、それは見事に失敗だった。

声が震《ふる》えていた。

「そばにいてやらないのか？　今までさんざん世話になってきたんだろ？」

阪崎に家族はいない。いるのは、彼の財産を愛している形ばかりの親類だけだ。今《いま》ごろ、どこかで遺産を当て込んで祝杯《しゅくはい》でもあげているかもしれない。

そういった意味では、景こそが唯一《ゆいいつ》の家族なのだ。

だが景は黙《だま》ってかぶりを振《ふ》った。

「行かない」

「正気か？」

「……行ったら、迷惑《めいわく》が掛かるかもしれないから」

苦渋《くじゅう》の選択《せんたく》をするような顔に、何も言えなくなった。行ってはいけないのだと、全身で告げていた。

「わかった。俺は明日、行くつもりだから、気が変わったら言えよ」

返事は、なかった。

受付で聞いた病室の前に立ち、皓介はノックしようとした手を思わず止めた。

プレートに書かれた阪崎勲の文字は、ただそれだけで皓介を圧倒《あっとう》してくる。景の信頼《しんらい》を一身に受ける男。無償《むしょう》の愛情を、景に対して注げる男。皓介が知らない景を知っている男——。

皓介は自分の内側に巣くうこの感情が、嫉妬《しっと》であることをすでに自覚していた。

息を吸って、ノックをする。

すぐに中から、記憶《きおく》にあるものよりも張りのない阪崎の声がした。

今日の訪問は予告していなかった。だから現れた皓介を見て、阪崎は驚愕と納得《なっとく》をないまぜにしたような顔をしていた。

「皓介くん……」

「突然《とつぜん》、申し訳ありません。不作法はお詫《わ》びいたします」

頭を下げて、いいとも悪いとも言われないうちに、中へと入った。

「いや……そのうちに、来るだろうとは思っていたよ」

阪崎という男は、いつ見ても穏《おだ》やかさを纏《まと》っている。命の危険に晒《さら》されているこんなときですらそうだった。

「どうも他《ほか》には思いつかなくて……」

花を示すと、阪崎は大きく頷《うなず》いた。

途中《とちゅう》で買った花は、香《かお》りがきつくないものを選んでもらった。花の種類はわからないが、見舞《みま》いだということと、相手の年齢《ねんれい》や性別などを言ったら、店員が適当に花束にしてくれたのだった。

「気を遣《つか》わせてすまないね」

「いえ……。お加減はどうですか？」

「どうなんだろうね。医者にすべて任せているよ。ところで、景くんは元気にしているかい？」

やはり気になるのはそこに尽《つ》きるようだ。電話のたびに聞きたがるのも、やはり景のことなのである。

「ええ、まぁ……」

「私の病気のことは、教えたんだろうか？」

「教えました。かなりショックだったようですよ。連れてこようかと思ったんですが、本人がどうしても、うんと言いませんでした」

「ああ、それでいい。あの子は、ここへ来ないほうがいいんだよ」

「景には何も言っていなかったんですね」

かたわらの椅子《いす》に掛けながら、皓介は確認《かくにん》を取っていく。ここですべてをはっきりとさせるつもりだった。

見舞いに訪《おとず》れた理由の半分はそのためだった。

「安心して新しい生活に馴染《なじ》んでほしかったんだよ」

「あまり関係なかったと思いますがね……」

苦笑《くしよう》まじりに呟《つぶや》くが、阪崎は何も言わなかった。皓介の知らないカードを彼が持っているのだと、告げられた気がした。

「君は、聞きたいことがあって来たんだろう?」

「……はい」

「私が知っていることなら教えよう」

「いいんですか?」

「君にはあの子のことを知っていてほしいんだよ。だが調べたのは私のことだけではないんだろう?」

何もかもお見通しということか。

皓介はさらに表情を苦くして、顎《あご》を引くだけの返事をした。

「それで、何を知りたいのかな」

「まずは景とあなたの関係を教えてください」

皓介は迷わず、何よりも気になっていることを口にした。他にもいろいろと知りたいことはあるのだが、それは後まわしでもいいと思った。

質問の意味は二つ。

阪崎がどう答えるのか、そこに何が含まれているのか、皓介は少しも聞き逃《のが》すまいと注意を向ける。

「なんだろうね……私にとっては息子《むすこ》のようなものだが……。いや、息子にしたかったと言ったほうがいいかな」

「どういう意味ですか？」

「……チャンスを逃してしまったんだよ」

苦い笑《え》みを刻み、阪崎は独り言《ご》ちる。視線が遠く感じられるのは、何かを思い出しているからだろう。

「景とは、どういった知り合いだったんですか？」

「彼のお父さんは、私の友人だった」

「亡《な》くなった実の父親のほうですね？」

「そうだ。学生時代からの付き合いでね。無二の親友だったよ」

昔を懐《なつ》かしむような表情と声音《こわね》だった。

阪崎の出身地や学歴については報告書にもあったが、すでに亡くなった親友までは辿《たど》り着けなかったし、景のことを調べた際も、父親のことにはほとんど触《ふ》れられていなかったのだ。

「一時期は……そうだな、俗《ぞく》っぽい言い方をすれば三角関係だったこともあった。景くんの母親を交えてね」

「ああ……」

なるほど、と納得してしまう。結果、阪崎は敗れてしまったのだ。にもかかわらず、その後も友人としての関係が続いていたらしい。

そして景は親友の忘れ形見なのだ。

阪崎が未婚《みこん》の理由も、このあたりにあるのだろうか。

「不躾《ぶしつけ》なことを伺《うかが》うようですが、景の父親が亡くなったあと……母親のほうとは……？」

「何もないよ。私はちょうどそのころ、日本にはいなくてね。葬儀《そうぎ》にはなんとか出席できたが、すぐに仕事で戻《もど》ってしまった。気が付けば、彼女は再婚を決めていたんだよ」

苦い後悔《こうかい》の念を滲《にじ》ませて、阪崎は笑う。

チャンス、というのはそのことなのだろう。

もしそのとき、ずっと日本にいられたならば、今ごろ景の姓《せい》は阪崎になっていたかもしれない。この父親ならば、景は失踪《しっそう》を決意することもなく、あのころと同じ笑顔を浮《う》かべていたかもしれないのだ。

「景は水橋の家で、冷遇《れいぐう》されていたんですか？」

「いや。そこまでひどくはなかったそうだよ。ただ、新しい両親には馴染めなかったようだ。特に、後妻に入った女性が、あまり景くんのことを好きではなかったらしくてね。ほとんど口をきいたことがないと言っていた」

「父親のほうは？」

「景くんより、弟の貴史《たかし》くんのほうを気に入っていたらしいね。新しい妻の手前というのもあったんだろうが……」

容易に想像できる話である。

「水橋氏も、奥さんも、今さら景くんに帰ってほしいとは思っていないだろう」

冷たい現実を、阪崎は穏やかに、そして淡々《たんたん》と告げた。おそらく誰《だれ》よりもそのことを知っているのは景なのだろう。

だが、と前置いて、阪崎は続けた。

「貴史くんは、かなり景くんと仲が良かったんだよ。常に貴史くんは、景くんに気を回して、話しかけて、自分が繋《つな》ぎ役になろうとしていたらしい」

それは、捜《さが》していたのが弟だけだったという報告書を裏付けるものだ。ならば景には、仲のいい弟を振《ふ》り切ってまで家を出なければならない理由があったということだ。

「景は、どうして姿を消そうなんて思ったんですか？」

けっして孤立無援《こりつむえん》ではなかったのだ。家の中は味方がいて、後妻との間に入って緩衝材《かんしょうざい》になっていたようだし、水橋という男にしても、特に何をするでもない傍観者《ぼうかん》に近かったのだろう。家を出るほど、逼迫《ひっぱく》したものがあったとは思えなかった。

阪崎は、ふっと息をついて言った。

「理由はその貴史くんだろうな。彼は、景くんの手伝いをするんだと言って聞かなかったらしくてね」

「それだけ弟は景を慕《した》っていたということですか？」

「ああ」

阪崎は大きく頷《うなず》いて、窓の外へ視線を向けた。

「優秀《ゆうしゅう》な子なんだよ。それこそ、地方の旅館の跡継《あとつ》ぎではもったいないくらいにね」

「景がいなくなったら、その子が跡継ぎになるしかないんじゃないですか？」

「貴史くんは、景くんが社長でないなら、旅館には関《かか》わらないと言っていたそうなんだよ。逆を言えば、景くんを手助けするためだけに、仕事をすると言っていたらしい」

阪崎の説明を聞きながら、皓介は写真で見ただけの五年前の貴史の顔を思い浮かべていた。

嬉《うれ》しそうに、全身で景への好意を表していた、あの写真。仲がいいという印象とは別に、弟からは、景に対する執着《しゅうちゃく》のようなものを強く感じた。

あるいは、皓介の目にそう見えていただけかもしれないが。

「その弟は……今、大学生ですか？」

「ああ、こちらの大学に来ている。相変わらず、とても優秀だそうでね。そうだな、君と張るかもしれないよ。君の後輩《こうはい》なんだ」

「なるほど……」

最高学府に通っているという弟が東京にいるから、景はあれほど人目に付くことを警戒《けいかい》していたのだろう。

阪崎によれば、弟は省庁に入るべく真面目《まじめ》に学業を修めているらしい。最初は景が帰ってくることを信じ、別の道に進むことはしないと言っていたらしいが、一年が過ぎ、二年が過ぎていくうちに、その考えも薄《うす》れていったようだ。

そして最高学府に合格すると、今度は周囲が期待をするようになったという。地方の旅館の社長より、官僚《かんりょう》にと望み始めたらしい。

「今でもまだ諦《あきら》めずに景くんのことを捜してはいるようだ。私のところにも、ときおり連絡《れんらく》を寄越《よこ》すよ。もう何度もね。景くんの行方《ゆくえ》を捜すために、彼にできる可能な限りの手を尽《つ》くしている」

「景はそれを知っているんですか？」

「ああ」

阪崎は溜《た》め息まじりに肯定《こうてい》した。

「知っていて、何も言ってやらないんですか？　無事でいるとか……そういう連絡を一切《いっさい》入れたことも？」

「ないだろうね」

同じ年の、数ヶ月違《ちが》いの弟――。

だが、いくら景がその弟のことを可愛《かわい》がり、彼の将来のことを案じていたからといって、ただそれだけで自分が姿を消すという結論に至るものだろうか。

心配させているのがわかっていながら、どうして無事の一つも知らせてやらないのか。その疑問を口にする前に、阪崎は言った。

「……貴史くんは、景くんに執着しているんだよ」

「それは、つまり……兄弟としてではなく、という意味ですか？」

言いながら、頭の中では別の言葉を浮かべていた。

恋愛《れんあい》感情、あるいは強い性的な欲求。そういう気配は、あの写真からでも読みとることはできた。

景に何もかも捨てさせるほどの決心をさせた弟と、信頼《しんらい》を一身に受ける阪崎。

どちらにも強い嫉妬《しっと》を覚える。

阪崎は頷きながら続けた。

「詳《くわ》しいことは言わなかったが、私のところへ来たとき、景くんはとても思い詰《つ》めた様子でね。そう……何かから逃《に》げ出してきたという感じだった」

「だから、かくまったというわけですか」

「十四の少年を、そのまま放《ほう》り出すことはできないだろう？　もっとも彼には、そういうつもりはなかったんだよ。実の両親の形見を、私に預けようとしただけでね」

「形見……ですか」

思わず溜め息がもれる。

確かに思い詰めた様子だ。二度と水橋の家へは戻るまいという決意、そして自身にすらもある種の覚悟《かくご》を秘めていたように感じられる。

おそらく皓介が阪崎の立場でも、景を引き留めた。行かせてしまったら、二度と戻らないのではないかと思わせるところがあった。

まして、十四だったのだ。まともに暮らしていけるはずもない。

「家に戻《もど》るように説得するべきだったのかもしれない。だができなかったよ。そんなことをしたら、黙《だま》って消えてしまいそうな気がしてね」

「……わかります」

「景くんは、自分をこの世から消したいんだよ。だから、貴史くんにも誰にも連絡をしない。もう死んだものと思ってほしいんだろう」

「何があったんです？」

決意に至るには、それなりの理由があるはずだ。

「さぁ……ただ貴史くんには、思いこむと他《ほか》に何も見えなくなるようなところがあったらしい。それは私も感じているよ。一途《いちず》というには激しすぎる、エキセントリックな部分が彼には確かにある」

「弟のそういうところが怖《こわ》かったと……？」

「その先の事情は、景くんに聞きなさい。私の口から言うことは、想像の範囲《はんい》を超《こ》えないことだからね」

「あれは、俺にそんなことは話しませんよ」

吐《は》き捨てるような言い方をしてしまったあとで、皓介は舌打ちをしたくなった。

だが今さらごまかしようもない。阪崎が目を細めて笑っているが、気づかないふりをしてさらに畳《たた》みかけた。

「人目に付かないようにしてるのも、弟に見つからないためですか？」

「自分が未成年だということを、景くんはひどく気にしているんだよ。居住指定権というものが、親にはあるからね。貴史くんが居所を知ったら、間違いなくご両親を動かして、景くんを連れ戻すだろう」

「ああ……」

「彼は景くんを連れ戻すためなら、私や君を告訴《こくそ》するくらいのことは平気でするよ」

「そういうことですか」

人目に付くまいと神経質になっていた理由がようやくわかった。かつては阪崎のためでもあり、今は皓介のためでもあるわけだ。

「景くんは、自分のことは何も言わないのかい？」

「ええ」

「そうか……」

仕方なさそうに溜め息をつくのは、十分に予測していたからだろう。

「だが、あの子は私に言われて仕方なく君のところにいるわけではないよ。君のところへ行ったのは景くんの意志でもあるんだ」

告げられた言葉は意外すぎて、すぐに何かを言い返すことはできなかった。景の態度からは、とても信じられないことだったが、一方で阪崎がこんなうそや冗談《じょうだん》を言うとも思えないからだ。

真偽《しんぎ》を探《さぐ》るように、阪崎を見据《みす》えた。

「本当だ。十年前の事故のことは、もちろんわかっているんだろう？」

「景は覚えていないと言っていましたよ。前後の記憶《きおく》はない、とね」

「本気にしたのかい？」

鋭《するど》いところを突《つ》いてくる。阪崎という男は、果たしてどこまで見抜《みぬ》いているのかと、薄ら寒くなってくるほどだ。

皓介と景の間にあったことも、すべて知っているのではないかという気にさえなってくる。

「あの子は、何もかも覚えているよ。私に話してくれたくらいだからね」

「事故のときのことをですか？」

「そうだ。雪の中、ずっと抱《だ》きしめていてくれたとね。もちろん病室でのこともだ」

「……一度も事故のことを言いませんでしたね」

知らなかったはずはない。そもそも阪崎の家へ行った帰りだったのだし、親友の息子《むすこ》の身に起きた交通事故が耳に入らなかったはずはない。その加害者が知り合いであることなどは、当然のようにわかったはずだった。

だが逆に、あのとき阪崎が出てこなくてよかったとも思うのだ。そのころはまだ皓介の父親も健在であり、彼は阪崎に対しての負い目や感謝の気持ちも強かったから、息子である皓介が阪崎の親友の息子の加害者となったら、相当に騒《さわ》いだことだろう。

「言う必要はないと思ってね」

皓介たち親子は、知らないところで阪崎に気を遣《つか》われていたのだ。

「……景くんは、そのときの大学生が、私の知人の息子さんだと知って、とても嬉しそうだったよ」

にわかには信じられなくて、皓介は苦笑《くしょう》をもらす。

記憶にないという言葉を信じていたわけではなかったが、喜ばれるような覚えもなかったからだ。

「だから君の話を、よくしてあげていたんだよ。君がどんな仕事をして、どんなふうに暮らしているかを、景くんはずっと知っていた。もし他の人間だったら、私が行けと言ったところで彼は承知しなかっただろう」

「とてもそんなふうには見えませんでしたがね」

「好意をまったく感じなかったかい？」

そんなはずはないだろう、と言外に告げられた。あくまでも穏《おだ》やかだが、否定を許さない目と言い方だった。

確かに否定はできない。だが、はっきりと好意を向けられたこともないのだ。

感じるのは、とてもあやふやな、好かれているのだと思うのを理性でためらうようなものだけだ。

「あいにくと、そこまで自惚《うぬぼ》れが強くないんです」

「景くんは、もっとそうだよ」

「……そうかもしれません」

「あの子は……ずっと君に憧《あこが》れを抱《いだ》いていたんだよ。君のところへ預けようと私が言い出したのは、そのせいもある。どうせなら、好きな人のそばがいいだろうと思ってね」

阪崎は意味ありげな微笑《ほほえ》みを浮《う》かべている。やはり彼は、何もかも知っているのではないだろうか。

「初対面……ではないな、再会したとき、彼はひどく緊張《きんちょう》していただろう？　あんな景くんは、初めて見たよ」

「どうして最初から、あの事故のことを言ってくれなかったんですか？」

「彼がそう望んだんだよ。ただでさえ私は、君のお父さんとの古い約束を持ち出していたんだ。

その上、君の負い目になるようなことは言いたくないと言ってね」

「言ってくれれば……」

口にしかけて、すぐに口を噤《つぐ》んだ。

果たして、知らされていたら皓介はどう思っただろうか。

景があのときの子供だと知ったところで、歓迎《かんげい》したはずもない。むしろ記憶とのギャップに唖然《あぜん》とし、失望したかもしれない。

「私は、判断ミスをしてしまっただろうか……?」

「……いえ」

間違《まちが》ったのは、皓介のほうだ。

景に仮面をかぶせてしまったのは、皓介自身だったのかもしれない。景にそのつもりはなくても、他人には拒絶《きょぜつ》しているように見えたり、高慢《こうまん》に見えたりすることは、皓介も理解していることだ。

嫌《きら》われていると思えば、景だってますます態度が硬《かた》くなる。

皓介は、最初のボタンを掛《か》け違えてしまったのだ。

「今から急いで帰りますよ。景に、確かめないといけないことができました。それから釈明《しゃくめい》もしないと」

「ああ……頼《たの》むよ」

「また来ます。お大事にしてください。景のためにも……」

頭を下げて出て行こうとする皓介に、阪崎は静かに声を掛けた。

「景くんが二十歳になる前に私が死んだ場合、遺産は君に渡《わた》るように遺言状《ゆいごんじょう》を作ってある」

「阪崎さん」

「万が一、だ。まだ死ぬつもりはないよ。景くんに直接渡せない理由は、さっき言った通りだ。居場所が知れては困るからね。おかげで後見人を立てる遺言状も作れない」

「そんなに俺のことを信用するんですか？」

「だから景くんを頼んだんだよ」

身動きの取れないセリフだと思う。もっとも、皓介が他人の遺産を横取りするような人間でないくらいは最初から承知していたのだろうが。

一つ、どうしても確かめたくなった。

「阪崎さんが期待する形で、景をそばに置くことはできませんよ」

「私と同じである必要はない。そう言ったはずだよ」

「それは……俺が景を女のように抱く、と言っても変わりませんか？」

言いながら皓介は、阪崎の表情がどう変わるかをじっと観察した。

だが予想通り、驚愕《きょうがく》や怒気《どき》といった感情は表れなかった。穏和《おんわ》な顔は、相変わらず笑《え》みを浮かべている。

「恋人《こいびと》のように、だろう？」

「いいんですか」

「私にそれをとやかく言う資格はないんだよ。私のライバルは、景くんのお母さんだったんだからね。もっとも彼女のことも、私はとても好きだったけれどね」

「……なるほど」

否応《いやおう》なしに納得《なっとく》させられる。勝手に母親のほうを好いていたと思い込んでいた自分の思考は、基本的にはやはりノーマルらしいと実感した。

道理で独身を貫《つらぬ》いたわけだ。

景と暮らしていた五年の間に、一度もその気にならなかったのだろうか。息子のようなものだと言っていたが、愛した者の忘れ形見を、欲を伴《ともな》った目で見て、手に入れたいと望んだことはなかったのだろうか。

あるいは忘れ形見だからこそ、何もできなかったのか。

いずれにしても、確かめようとは思わなかった。少なくとも関係は、息子のような……であったのだから。

「景に何か伝えることはありますか？」

「そうだね……。皓介くんに幸せにしてもらいなさい、と伝えてくれるか」

「はい」

今度こそ一礼し、皓介は病室を出て行った。

車を飛ばして、ホテルまでは二時間。渋滞《じゅうたい》につかまれば、もっと掛かるだろう。

逸《はや》る心を静めながら、皓介は廊下《ろうか》を足早に突《つ》き進んだ。

8

服を詰めたボストンバッグを前に、景は何度目かの溜《た》め息をついた。

荷物は少ない。あとはホテルのペーパーバッグでこと足りるだろう。積み上げてある本のうち、特に好きなものを数冊入れて、ファスナーを閉める。

皓介が気まぐれに買って与《あた》えてくれた服がいくつかあったが、迷って迷って、結局一つだけ持って、あとは置いていくことにした。

最初に買ってもらった服だけ、バッグに詰めた。

ここへ来てから金は使っていないが、阪崎から渡されたものが多少はある。これで少しの間は、何とかなるだろう。

時計を見て、景は立ち上がった。

今ごろは見舞《みま》いも終えて、知人のところへ寄っているのだろう。帰りは九時を過ぎるだろうから、適当にやっていろと言われている。

景はライティングデスクのメモに、皓介宛《あて》のメッセージを書いた。

置き手紙をするのは、五年前のあのとき以来だ。

あのときは、「もうここへは戻《もど》りません。水橋景は、いないものと思ってください」という言葉を残した。

では、今は何を書いたらいいのだろう。

伝えたい言葉がありすぎて、かえって何をどう文字にしたらいいのか、わからなくなってしまう。

さんざん迷って、景は短い文を書いた。

ありきたりの「お世話になりました」という、たったそれだけの一文。

他《ほか》の言葉は、すべて胸の中へとしまい込んだ。

最後に少しだけ、と自分に言い訳をして、バッグをリビングの床《ゆか》に置くとダブルルームに入った。

清掃《せいそう》が入ったから、ベッドはもうきちんとメイクがされていて、シーツには皺《しわ》一つ寄っていない。

それでも、ここには皓介の匂《にお》いが残っているような気がする。

クリーニングから戻ってきたシャツをしまっていなかったことに気がついて、それをチェストにしまった。

引き出しをすぐには閉めず、しばらくの間そのシャツを撫《な》でていたが、やがてふっと息をついた。

いつまでも感傷に浸《ひた》っているわけにはいかない。

景は立ち上がり、リビングに戻ってバッグを手にした。

ここへ来てから初めて一人でドアの外へ出て、エレベーターホールへと向かった。

背中で、バタンとドアが閉まる音を聞いた。

オートロックのあのドアは、カードキーを持たない景にはもう開けることのできないものだった。

誰《だれ》もいないホールでボタンを押してしばらくしたとき、四基あるエレベーターのうちの一つが、目の前で開いた。

俯《うつむ》いた景の目に、人の足が見えた。

はっとして、思わず顔を上げる。

「お……まえっ……」

皓介の姿と声を認識したのは同時だった。

遅《おそ》くなるはずの皓介が、どうしてここにいるのか。

混乱を抱《かか》えたまま、景は近寄ってきた皓介に腕《うで》を掴《つか》まれた。手にしていたバッグが床にどさりと落ちた。

エレベーターの扉《とびら》が閉まった。

きつく抱《だ》きしめられて、混乱はますます激しくなる。

痛いくらいに、力強い。背中が反り返って、息が苦しいほどだった。

「どうして……」

「それはこっちのセリフだ」

感情的にならないように抑《おさ》え込んだ声が耳元で響《ひび》く。

身体中の力が抜《ぬ》けていってしまう。

立っているのがやっとで、皓介の腕を振《ふ》り切るどころではなかった。固めたはずの決意が、ぐずぐずに崩《くず》れていきそうになる。

「あやうく逃《に》げられるところだったな……」

やがてエレベーターの到着《とうちゃく》を予告する音が聞こえてくると、皓介はようやく景を抱く腕を緩《ゆる》め、バッグを拾い上げた。

だが景の手首はしっかりと握《にぎ》られたままだった。

引っ張るようにして部屋へと戻り、リビングのドアを開けた皓介は、景を押し込んで先に入らせた。

背中でドアの音を聞くのは、今日はこれで二度目だった。

嘆息《たんそく》が聞こえ、荷物が再び床に下ろされる音がした。

「あの、俺……」

振り返ろうとした身体《からだ》を、背中からまた抱きしめられる。首筋に掛《か》かる息に、ざわりと肌《はだ》が粟立《あわだ》った。

「どうして俺のいない間にこそこそ逃げるように行こうとするんだ？」

顔を見たら、声を聞いたら、決心が鈍《にぶ》るからだ。現にもう、決めたはずの心がぐらついてしまっている。

もっとそばにいたいと、望む声が聞こえてくる。

景は目を閉じて、身体に回された腕に指先で触《ふ》れた。

「ごめんなさい。ちゃんと話してからにするべきだってことは、わかってた。あの……順序が逆になったけど、俺……」

「だめだ」

口にする前に拒否《きよひ》されて、景は思わず目を瞠《みは》った。

「まだ何も言ってない」

「言わせない。おまえはここにいろ。俺がそう決めた」

「な……っ、ぁ…」

唇《くちびる》が首筋に触れて、小さく身体が震《ふる》えた。

待ちわびているこの身体を否定することはできない。

だが想《おも》い続けた人に所有される悦《よろこ》びと、欲しいものがもらえない苦しさの間で翻弄《ほんろう》されるのはもう嫌《いや》だった。

かぶりを振ってもがく景を、皓介はきつく抱きしめる。

「どうして出て行こうとしたんだ？」

「そんなこと、どうだっていい……っ。ずっと厄介払《やっかいばら》いしたかったやつが、自分から出て行くっていうんだから、それでいいだろ……！」

「よくないから止めてるんだろうが。阪崎さんにも、あらためて頼《たの》まれたしな」

「阪崎さんに義理立てすることないよ。もう、十分だから」

病床《びょうしょう》で頼まれたら、嫌だとは言えまい。まして相手は、生きるか死ぬかという病気と闘《たたか》っているのだ。

だから出て行く決心をした。これ以上、心が傾《かたむ》いていってしまう前に。

「あの人は関係ないんだよ。俺が放したくないって言ってるんだ」

「やっ……」

「景。いいか、景。聞けよ」

皓介の唇が耳朶《みみたぶ》に触れた。軽く歯を立てられて、意識が取られてしまう。

そして低い声がした。

「愛してる」

「っ……」

びくん、と身体が小さく跳《は》ね上がる。

囁《ささや》きはじわじわと染《し》み込んできた。

欲しくて欲しくて、仕方がなかったもの。何度も錯覚《さっかく》しそうになって、そのたびに自分を叱《しっ》咤《た》して、間違《まちが》えるなと言い聞かせてきた。

「うそ……」

そんなはずはないと、心が耳を塞《ふさ》ぐ。とっくに期待することは放棄《ほうき》してしまったから、都合のいい言葉を信じることはできなかった。

なのに、がくがくと膝《ひざ》が震えた。

「おまえ、人の一世一代の告白を、うそ呼ばわりする気か？」

笑いながらの声が耳朶をくすぐる。

皓介は景の正面に回り込んで、目を覗《のぞ》き込んできた。

そこから逃げることができないほど、景は動揺《どうよう》してしまっていたのだ。

こんなに間近で、視線がかちあっていた。何よりも雄弁《ゆうべん》な景の瞳《ひとみ》に、皓介は気がついたことだろう。

「負けを認めるよ。おまえに惚《ほ》れて、もうどうしようもないんだ。だから俺のために、ここにいてくれ」

真摯《しんし》な響きが、頑《かたく》なな猜疑《さいぎ》心を溶《と》かしていく。

「でも、だって……」

やっと振り絞《しぼ》った景の声は、無様なほど掠《かす》れていた。

「それでも出て行くなら、俺はきっと、おまえの弟みたいに捜《さが》して追いかけて、力ずくで連れ戻すぞ」

囁かれる声が、耳に甘く低く染み込んでくる。脳を溶かし、理性を狂《くる》わせる毒を含《ふく》んでいるようだった。

このまま、囚《とら》われてしまいたい衝動《しょうどう》に駆《か》られる。

皓介にならば、そうされてもいい。

景は喘《あえ》ぐように息をした。

身体を支えきれなくなった膝の代わりに、皓介の腕が景を支えた。そのままソファに移動して、皓介の膝の上に座らされた。

人の膝に座るなんて、子供のとき以来だ。

うろたえる景に、皓介は言う。

「昔、こうやって……抱いてやったな」

肩《かた》に顔を押しつけられて、景は目を閉じる。両手は自然に上がり、皓介の服の胸元《むなもと》を指先で摑《つか》んでいた。

大きな温かい腕《うで》に、安堵《あんど》したあのときのことを、はっきりと覚えている。

気が付いたら雪のアスファルトに投げ出されていた。何が起きたのかはまったく理解できなくて、地面の冷たさにまず驚《おどろ》いた。周囲には大人が大勢いて自分を取り囲み、口々に何か言って来て、景は混乱状態で今にも泣き出しそうだったのだ。

そんなときに、皓介が言った。

——おいで。

腕を広げながら呼んでくれて、景は混乱から逃げるようにそこへ吸い込まれていった。そのときは事故の加害者だなんてことはわからなくて、皓介だけが自分を周囲の大人たちから守ってくれるような気がしていた。

あのときよりも景はずっと大きくなっている。けれども、包み込んでくれるようなこの腕は一緒《いっしょ》だった。

「髪《かみ》……撫《な》でてくれたんだ……」

「そうだったな」

同じように、長い指が景の髪をすく。

「痛くないかって言われて、頷《うなず》いて……」

「ああ」

「大丈夫《だいじょうぶ》、大丈夫って、何度も言ってくれた。救急車が来て、あなたも一緒に乗ってくれるんだと思ってたのに、そうじゃなくて……すごく心細かった」

あとから思えば加害者である皓介がその場に残らなければいけないのは当然なのだが、そのときはもちろん理解できなかった。

ドアが閉まるまで景は皓介を見つめていて、姿が見えなくなってから急に怖《こわ》くなって震え出したのだ。

記憶《きおく》がなかったというのは、すべてがうそじゃない。

あの事故の直後は、本当に一時的に記憶に混乱が起きていたのだ。頭を打っていたわけではなかったのだが、ショックによるものなのか、自分の名前も住んでいる場所も、何もかもわからないほどに。

「病院に来てくれて、嬉《うれ》しかった……」

「加害者なのに？」

「そんなこと関係なかった。あのとき、親の顔とか住んでいる家の光景とか……そういうことが全部ぼんやりして、はっきりしなくて……名前とか数字とか、まったく出てこなくて……。心細くて、仕方なかったんだ」

あいにくと、事故のあった現場は家から離《はな》れていて、持ち物にも乗っていた自転車にも、身元を判別できるようなものが記入されていなかったのである。

そんなときに、皓介が飛んできてくれた。

「ああ……そうだったな」

顔を見たら安心して泣き出してしまって、あのときは世界中に、皓介しか頼《たよ》れる人がいないような気持ちになっていた。

両親がやって来たのは、暗くなってからだった。

帰ってこない景を心配した親が警察に届け出をして、身元が判明したというわけだった。そのころには、落ち着きを取り戻《もど》した景も自分の名前を口にしていたのだが。

とにかく皓介は、親が来るまでずっと景のそばにいてくれた。

「あのとき……俺には皓介さんしかいなかったから」

たとえ短くても、景の中に皓介だけが存在した時間が確かにあったのだ。

忘れられるはずがなかった。

幼い恋《こい》だったとも言えるかもしれない。

景はあのとき、初めて肉親以外の人を好きになった。非常事態の中での錯覚だったのかもしれないが、皓介は特別だった。

優《やさ》しい記憶は、あれからずっと景の中に大切にしまわれている。

あれきり会うこともなくきたが、阪崎が皓介の話をしてくれるのが楽しみで、話を聞いている間はいつも幸せな気分に浸《ひた》っていられた。

「……阪崎さんから、聞いた？」

「まぁな。たぶん、全部じゃないが……俺に好意的だったということは聞いた」

「だった、じゃない」

今でも変わらない。むしろ好意なんていう言葉で収まらなくなって、景の心をこんなにも揺《ゆ》さぶっていた。

「実際に会って、よく失望しなかったな。記憶の中の俺とは、違《ちが》ったろ？」

「違ったけど……疎《うと》まれるのは当然だと思ってたし……。今でも優しい……と思うし」

「それは違うな。俺は優しいんじゃなくて、甘いんだ。もちろん一部限定でな。おまえを甘やかしたくてしょうがない」

額をこつんとあわせながら、皓介は笑う。

「俺のことが好きか？」

問いかけは形だけで、本当は確認だ。景が否定をするなんてことは、これっぽっちも考えていないのだ。

当然だった。景の目を見たら、聞かなくてもわかることだろうから。

「好きだろ？」

「……うん」

そろりと回した腕で、首に抱《だ》きついた。

背中を優しく抱かれて、鳥肌《とりはだ》が立つような幸福感に包まれる。

「阪崎さんから、伝言を頼《たの》まれてる」

「伝言……？」

「ああ。『皓介くんに幸せにしてもらいなさい』だそうだ。言われなくても、そうするつもりだったけどな」

嬉しいと、胸がつぶれそうになるほど苦しいのだと、景は初めて知った。

何か言おうとしても、声にならない。

「たぶん、あの人は大丈夫だ。おまえのことが心配で、死ぬに死ねないさ」

「ん……」

「今度は、一緒に見舞《みま》いに行こうな。バレないように考えてやるから」

頷くのが精一杯《せいいっぱい》だった。

耳に触《ふ》れていた唇《くちびる》が、少しずつ顎《あご》を伝い、やがて景の唇を塞《ふさ》いだ。

応じることにためらいはなかった。同じ強さで求め合う初めてのくちづけの合間に、景は何度も好きだと繰《く》り返す。

どんなに口にしても、伝えきれることはないと思った。

好きで好きで、たまらない。身を焦《こ》がすような激しい感情が、まだ自分にあったのかと驚くほどに。

「抱いていいか？」

唇を離して、皓介が囁《ささや》いた。

尋《たず》ねられたのは初めてだった。

戸惑《とまど》いながら見つめ返すと、皓介はその端整《たんせい》な顔に苦笑《くしょう》を浮《う》かべた。後悔《こうかい》の色が滲《にじ》むような表情だった。

「やっぱり嫌《いや》か？」

誤解させたままだということに気がついて、景は慌《あわ》ててかぶりを振《ふ》った。

「違う、嫌じゃないよ。そうじゃなくて……あれは、自分が勘違《かんちが》いしそうで……」

「どういうことだ？」

両手で頬《ほお》を挟《はさ》み込まれ、目を覗《のぞ》き込まれた。

こんな至近距離《きょり》で見つめられたら、どうしても視線が逃《に》げてしまう。だが咎《とが》める代わりに、皓介は軽く唇にキスをして答えを促《うなが》した。

「だって……優しくされたら、期待しそうになる……」

「それだけなのか……？」

ふっと笑うと、皓介は景を抱いて立ち上がる。そうして抱いたまま、ダブルルームのベッドに腰《こし》を下ろした。

「だから、愛撫《あいぶ》するなって言ったのか？」

「怖《こわ》かった」

「うん？」

「自分があんなふうになるなんて、思ってなかったから。あなたに、い……淫乱《いんらん》、だって思われたくな……待っ…ちゃんと話を……っ」

景の告白を、皓介はどこまで聞いているものか、皓介は景が着ているシャツのボタンを外し始めていた。

抱かれるのはいいけれど、これはあんまりではないだろうか。

思わず景は、皓介の手を押さえて止めていた。

「聞いてるよ。ようするに、感じすぎて怖かったたって話だろ？　俺に軽蔑《けいべつ》されるんじゃないかって」

「そ……そうだけど……」

言葉にしてしまえば、たったそれだけのことだ。怯《おび》えている景のほうが本当はおかしくて、気にしない皓介が正しいのかもしれない。

だがこんなに軽く流されたら、思い詰《つ》めた自分はなんだったのかという気になってくる。

「感じるように可愛《かわい》がってやってたんだから、よがってくれなかったら俺の立つ瀬《せ》がないな。自分に抱かれて相手が乱れてくれたら、嬉《うれ》しいに決まってるだろうが」

「……おかしいんじゃないかって……思ってた。してほしい、なんて……」

「惚《ほ》れた相手に欲情するのは当然だ。ま、かなり感度がいいのは確かだな。俺との相性《あいしょう》もいい。気持ちよくて、どうしようもなかったろ？」

その通りだったから、景は黙《だま》って頷《うなず》いた。

「別に怖いことはないさ。俺がしてやってるんだぞ。怖いほど感じるなら、俺に縋《すが》ればいい。欲しかったら、そう言え。少しも恥《は》ずかしいことじゃない。めちゃくちゃに乱れて、俺を喜ばせてみろ」

気持ちがどんどん楽になっていくのがわかる。皓介に抱かれて我を失うことも、彼を欲しいと思うことも当然なのだと許されたのだ。

皓介はシャツを脱《ぬ》がしてしまうと、手のひらで景の肌を撫《な》でていく。

くすぐったいような、だがそれだけではないあやしい感覚に、たちまちじっとしていられなくなった。

「言っておくが、俺はしつこいからな。おまえが音を上げて、もういらないって泣いても、やめてやらないだろうな」

「あっ……」

指先が胸の粒《つぶ》を探《さぐ》り当て、柔《やわ》らかく揉《も》み始めた。

「なんだ、もう尖《とが》らせてたのか」

「そういうこと、言うな……っ」

恥ずかしくてたまらない。今まで黙ってきたが、本当は最中に喋《しゃべ》られると、ひどくいたたまれない気分になるのだ。

だが皓介は面白《おもしろ》そうに、ふーんと鼻を鳴らした。

「可愛いじゃないか。なるほど……ウィークポイントはそこにもあったか」

「わざわざ言い直すこともないだろうが。皓介でいい。おまえはもう、俺の恋人《こいびと》だろ？　ほら、呼んでみろ……景」

「皓……樋口さん……っ」

耳元で囁かれて、ぞくぞくした。

名前を呼ばれただけのことなのに、ひどく官能的な囁きに聞こえてしまう。

「皓介、さん……」

本人の前では、初めて口にした。以前、阪崎と話しているときには、当たり前のように言っていたのだが。

その名前は、いつだって舌に甘かった。

「いい子だ。おまえが、怖いなら怖いって言ってくれればもう少しなんとかマシに立ち回れたんだろうけどな」

「言ったら、もっと意地悪されると思ってた」

「おい……ずいぶんなんじゃないか？」

不機嫌《ふきげん》そうなポーズを取りながら、皓介は景をベッドに押し倒《たお》した。そうして上からのし掛《か》かり、そのままの調子で続ける。

「いじめたのは最初のうちだけだろ？」

「俺の嫌がることとして、追い出そうとしてたのは気づいてたよ」

「だから最初のころだけな」

「いつ、変わったの……？」

尋ねながら、景の頭にあったのは、急に優《やさ》しく抱いてきたあのときだった。だがあのときは、戸惑うばかりで、相手の気持ちが変わったと思うことはできなかった。

「さぁな、自分でもわからん。きつく当たれなくなったのは、興信所の報告書が来て、おまえが小松崎景だったってことに気づいたときだが……たぶん、惚れたのはもっと前だろうな。きっと、おまえが可愛くなかったからだな」

喉《のど》の奥で笑いながら、皓介は自らネクタイを外した。

一人だけ納得《なっとく》しているらしいが、景にはよくわからなかった。可愛くなかったのは事実だし、否定する気もないが、それが理由のように語られるのは理解できない。

「今じゃ、こんなに可愛いのにな……」

シャツを脱いで裸《はだか》になった皓介は、景の胸元《むなもと》を広げ、そこに顔を埋《うず》めてきた。

「っぁ……あ……」

すでに硬《かた》くしこっていた乳首《ちくび》が吸われ、ざらりとした舌で舐《な》められると、身体《からだ》がゆっくりと芯《しん》から溶《と》け始めていく。

息が乱れ、肌が熱くなっていくのは早かった。

皓介は交互《こうご》に左右の胸を口で弄《もてあそ》び、常に空いているほうを指先でいじっている。尖ったところを指の腹で挟まれ、あるいは押しつぶされて、口の中で転がされる。

いつもと同じ愛撫だ。

だがいつもより遥《はる》かに気持ちがよくて、声を抑《おさ》えることができない。恋人として愛されることで、身体と心が解放されてしまったんだろうか。

「ん……あ、ぁん……や……っ……」

胸に執着《しゅうちゃく》を見せるのはいつものことだが、皓介もまたいつもより執拗《しつよう》だった。

ねっとりと絡《から》みつく舌に、頭の芯まで甘く痺《しび》れていきそうになる。

ここは皓介に愛されるためにあったのかもしれない。存在することさえ意識しなかった二つの粒は、景に悦《よろこ》びを与《あた》える場所に変化した。

甘いばかりの快感がじわじわと指先まで支配して、力が入らなかった。

「っぁ……は……」

いじられて赤くなり、ぷっくりと膨《ふく》らんだそこは、たとえば空気に触《ふ》れて唾液《だえき》が乾《かわ》いていく感触《かんしょく》すらも刺激《しげき》にしてしまう。

むき出しの神経に触《さわ》られているようだ。

「おまえ、ここ……好きだな」

「う、ん……」

とろりとした意識の中で、景は言われるままに頷いた。

「他《ほか》にも、好きなところはあるだろ……？」

皓介はようやく胸から離《はな》れ、キスをしながら肌《はだ》を伝い下りていく。指先で脇腹《わきばら》をさすられ、腰骨《こしぼね》のあたりを押さえられると、びくりと身体が跳《は》ね上がった。

ジーンズのボタンを外され、下肢《かし》に身に着けていたものが引き抜《ぬ》かれる。

「ここだけで、イケそうだな」

くすりと笑いながら、皓介が再び胸の突起《とっき》に音を立ててキスをした。

「ぁんっ……ああ――！」

手で中心を軽く撫でられ、強く乳首を吸われて、景はあっけなく絶頂を迎《むか》えた。皓介が言ったように、ほとんど胸だけで達してしまったのだ。

「たっぷり時間掛けて……身体中、舐めてやる」

耳に息を吹《ふ》き込まれ、景は小さく声を上げる。

そんなことをされたら、おかしくなってしまう。理性など一片《いっぺん》もなくなって、皓介に抱《だ》かれて喘《あえ》ぐだけの淫《みだ》らな生き物になってしまう。

だが皓介は、景にそれを求めていた。

「何も考えられなくしてやろうな……絶対、自分で触るなよ」

「っ、は……ぁ……」

熱い肌を、指先が滑《すべ》っていく。

一度絶頂を迎えた身体はさらに敏感《びんかん》になって、どこもかしこも、性感帯になってしまったかのようだ。

なすすべもなく、芯から溶けていく。

皓介は本当に、ありとあらゆるところに舌を這《は》わせた。

足の指まで口に含《ふく》んだときには、景はすでに半泣きになっていたけれども、皓介はやめることもなく、指に舌を絡めていた。

身体中が疼《うず》いて仕方ない。まだ触れられていない奥も、じくじくと鈍《にぶ》い熱をもってしまっている。

「っぁ、あ……」

膝《ひざ》の内側にキスされて、腿《もも》に軽く歯を立てられた。

遠いところから、じわじわと攻《せ》めたてられて、もどかしさと心地《ここち》よさの狭間《はざま》で、景は身悶《みもだ》えすることしかできない。

故意に、皓介は後ろだけを避《さ》けているのだ。

「皓、介…さ……」

「どうした？」

わかっているくせに、皓介は薄《うす》い皮膚《ひふ》の上を、ざらりとした舌で舐めるばかりだった。

もうおかしくなりそうだった。

「熱い……」

「ここか？」

「ぁんっ……」

指先で触れられて、景は何度も顎《あご》を引く。

「いきなりじゃ無理だ」

「平気…だから……」

「してほしかったら、自分で脚《あし》を抱《かか》え上げるんだ……そう、いい子だ」

言われるままに、景は力の入らない腕《うで》で、自らの膝裏に手を入れ、胸につくほど脚を抱え上げた。

普段《ふだん》なら、目も眩《くら》むような羞恥《しゅうち》に襲《おそ》われるだろう行為《こうい》も、今はためらいがない。

羞恥心すら、麻痺《まひ》していた。

浮《う》いた腰《こし》の奥に舌を寄せられて、景は甘い吐息《といき》をもらした。

「あぁっ、ぁ……や、ん…」

くすぐるように、舌先がそこをつつきまわす。

深く舐められるその行為は、もう何度もされてきた。そのたびに景は羞恥心と快楽に翻弄《ほんろう》されていた。

今はもう、溶ける快感に喘ぐばかりだった。辱《はずかし》められているのではないと、知ったから。

愛されている。

だから、抱かれている。

このまま形をなくして、消えてしまっても、いいと思った。


脚を抱えていた腕が、とうとう力を失ってぱたりとシーツに落ちた。

十分に濡《ぬ》らし、指で軽く広げたところから舌を差し入れる。皓介を待ちわびているそこは、誘《さそ》うようにひくついて、歓喜《かんき》にふるえていた。

「ひ、ぁっ……! あぁっ、あ、あ……っ」

身体を内側から愛撫《あいぶ》するなど──内臓をじかに舐めてやるなど、少し前までは考えたこともない行為だった。

何度も舌を出し入れし、景を泣かせた。

「も…い…い……か、ら……っ」

「うん？」

「きて……」

つたない誘いすらも、皓介を煽《あお》ってやまない。

だが、逸《はや》る心と身体《からだ》を律して、欲しがるそこへと指を突《つ》き立てた。

「ぁんっ……！　ん、や…ぁ……っ」

びくびくと震《ふる》え、腰を揺《ゆ》らすその姿は、たまらなく扇情的《せんじょう》だ。快感に乱れているときですら、景は美しかった。

毒のように甘い、景の身体──。

「ん、ん……っ、ち…が、う……」

指では嫌《いや》だと泣く景に、なだめるようにキスをした。

もうどうしようもなく疼いているのだろう。時間を掛《か》けて、たっぷりと濃厚《のうこう》な愛撫を施《ほどこ》してやったのだから。

いくら長い皓介の指でも、景の望む奥深くまでは届かない。まして、もっとも景を狂《くる》わせるポイントは、故意に外している。

自分から中の指にいいところを擦《こす》りつけようとしているのも、無意識なのだ。

「可愛《かわい》いな……」

おそらく聞こえてはいないだろう。

愛《いと》おしくて、たまらない。大切にしたいと思う一方で、蹂躙《じゅうりん》しつくして、めちゃくちゃにしてしまいたいという凶暴《きょうぼう》な衝動《しょうどう》も覚える。

男の眠《ねむ》っていた獰猛《どうもう》さを、景は目覚めさせてしまうのかもしれない。

こんなにも性欲をかき立てられたのは初めてなのだから。

「明日は、起きられないと思えよ……」

かき回していた指を引き抜いて、ゆっくりと身体を繋《つな》いでいく。

「ああっ、あ……！」

侵入《しんにゅう》は常にないほど楽だった。それだけ景のそこが溶《と》けているということだ。

抵抗《ていこう》をかき分けて奥へ奥へと進むたびに、悲鳴とも嬌声《きょうせい》ともつかない声が、あまやかに皓介の耳を刺激《しげき》した。

熱くて柔《やわ》らかな粘膜《ねんまく》が、皓介を包み込んでいる。

たまらなく、心地がよかった。

これ以上、自分を抑《おさ》えることはできそうにない——。

「泣いても……やめてやらないぞ」

最後の忠告も、きっと景の耳には届いていないだろう。もちろん何か言ってきたところで、聞いてやる気はなかったが。

「や…ぁああっ！　あ、ぅ……っ」

腰《こし》を引き、突き上げて、皓介は景に声を上げさせた。

抱《だ》かれ慣れた身体が溺《おぼ》れていくのは早く、景は後ろを繰《く》り返し擦られて、自らも腰を振《ふ》りながら喘《あえ》ぎ、涙《なみだ》を振りこぼした。

弱いところを先端《せんたん》で擦り上げ、突いてやれば、悲鳴を上げて腰が捩《よじ》れる。

「だ、め……そ…そこ……やっ…ぁ……」

「いい、だろ……？」

「あっ…やっ……当たっ…あぁぁっ……！」

びくん、と大きく全身が震えた。

泣きじゃくり、両腕でしっかりと皓介にしがみついて、景は深い快楽を貪《むさぼ》りながら、愛されることへのためらいを捨てていく。

繋がったところから、互《たが》いの身体が溶けていくようだ。

ぐちゃぐちゃに形をなくし、まじりあって、本能だけの生き物になる。

それが、お互いに望んだことだった。

「景……」

耳元で囁《ささや》いて、深く突いた。

交わったまま中をかき回すと、景は綺麗《きれい》に喉《のど》を反らした。

噛《か》みつくように、皓介はそこにキスをする。

「あっ、ぁ……もっ……と……」

快楽という熱に浮かされ、景は何度もうわごとのようにねだって、自らその細い腰を揺すってきた。

乱れる様も、可愛くて仕方がない。

背中に爪《つめ》を立てられても、かまわなかった。

浅く突き、深く抉《えぐ》って、景を揺さぶる。

やがて許しを請《こ》う懇願《こんがん》が交じり、それすら泣きじゃくる息に変わるまで、皓介は何度も何度も景を穿《うが》ち、互いの熱を交換《こうかん》していった。

9

呼吸がようやく整ったと思ったところに、いきなり皓介が腰を引いた。

「っぁ……」

過敏《かびん》な身体はそれすらも快感にしてしまい、景に小さな声を上げさせて、余韻《よいん》の中に浸《ひた》ろうとしていた。

蜜《みつ》の中にいるようだった。

どろりと濃《こ》くて、甘い。

どのくらい時間が経《た》ったのか、よくわからなかった。

皓介が景の中で達したのは二回。だがそこまでに、気が遠くなるかと思うほどの時間を掛けられた。

いつにもまして、長かったと思う。

これが愛情なのだというなら、きっと、愛されるのは楽じゃないだろう。

優《やさ》しいのか、そうでないのか、やはりよくわからなかった。

はっきりとしているのは、景の髪《かみ》を撫《な》でる手は、昔も今も、とても優しいということだ。

気持ちがよくて、意識が落ちていきそうになる。

「景……？」

現実へと引き戻《もど》そうとする皓介の声も、低くて甘く掠《かす》れていて、耳に心地《ここち》いい。子守歌《こもり》のようだった。

なのに、眠ることは許されなかった。

「こら、寝《ね》るな」

がぶり、と首に噛みつかれて、否応《いやおう》なしに引きずり戻された。さほど痛くはなかったけれど、眠気を吹《ふ》き飛ばすには十分だった。

「せっかく、気持ちよかったのに……」

文句を言えば、口の端《はし》が意味ありげに上がった。意地悪そうなこの顔は、ろくでもないことを言い出すときだと知っている。

「さんざん気持ちよくしてやっただろうが。たっぷり、いじってやって……奥まで舐《な》めてやっただろ」

「だから、そういうこと言うな……っ」

耳を塞《ふさ》ごうとした手は、あっけなく皓介に捕《つか》まった。

「どうして？　可愛かったぞ。いい声出すしな、イクときの顔も絶品だ。乳首《ちくび》なんか、ちょっといじっただけで、俺を締《し》め付けてくるし？」

「やだ……ぁっ……」

本気で嫌《いや》がっているのに、いや、だからこそ、彼はそれから延々と、抱かれている間の景がどうだったのか、どこをどうしたら景が悦《よろこ》び、悶《もだ》えるのかを、露骨《ろこつ》な言葉で嫌というほど聞かせてきた。

頭の中が、くらくらしてきてしまう。

やはり皓介は、けっこう下世話だ。

涙目になっている景を見て、皓介はくすりと笑った。

「ずっと、そういう顔してろ」

両手を掴《つか》まれたまま、笑《え》みを形作った唇《くちびる》でキスをされる。

「え……？」

「作り物みたいな顔はもうするなよ。感情をもっと出せ」

ゆっくりと手を離して、皓介はその手で景の肩《かた》を抱いた。もう一方は、またさっきと同じように髪をすいてくれる。

あの雪の日から、ずっと好きだった手だ。

手だけじゃない。景はきっと、あのときからずっと皓介のことが好きだった。

「なぁ……」

　ふと、髪をすいていた手が止まった。

　見上げる景の視線を待って、皓介は言う。

「おまえ、ここを出て……俺から離《はな》れて、どうするつもりだったんだ？」

「……考えてなかった」

　ただここを離れることしか頭になかった。きっと安いホテルを見つけて、そこで明日のことを考えただろう。

「当てがあるわけじゃなかったんだな？」

「ないよ」

「そうか」

　どこかほっとしたような響《ひび》きに聞こえて、じっと皓介を見ると、彼はバツが悪そうな顔をして景に額を合わせてきた。

　息が触《ふ》れあうほどの近さで、彼は言う。

「おまえの知ってる人間なんて、ほとんどいないからな……。真彦でも頼《たよ》るんじゃないかって、ちらっと思ってた」

「え、え……？」

あまりにも予想外のことを言われて景は目を瞠《みは》る。

確かに景にはろくに知り合いがいない。いても、それはかつての付き合いの中のことだから、今さら接触《せっしょく》するわけにはいかない相手だ。そういう意味では、真彦は唯一《ゆいいつ》、家を出てから知り合った人間だが、個人的に連絡《れんらく》を取るような付き合いではない。

そんなことくらい、皓介が一番よく知っているはずなのに。

「何……言って……」

「だから、ちらっと、だ。本気で思ったわけじゃない」

言っていることがムチャクチャだ。態度と口が、ばらばらだった。

「もういい。今すぐ忘れろ」

「変だよ……？」

「うるさい。犯《おか》すぞ」

もうさんざんしたくせに、とは口に出さずに思ってみる。あれは「犯された」わけじゃないのだから、やはり違《ちが》うだろうし。

苦しいほどに愛された。

身体《からだ》に残る熱は、まだ消えずにくすぶっているし、声を発するたびにその熱を息で感じる。余韻は色濃くこの身にまとわりついているのだ。

肩を抱《だ》いていた皓介の手に、少し力がこもって、景は問うように彼を見つめた。

「もう一つ、聞きたいことがある」

「何……？」

「家を飛び出した理由だ」

「……聞いてないの？」

てっきり教えられてきたものだと思っていたことだった。だが言いながら、すべてを聞いたわけではないという皓介の言葉を思い出した。

皓介の小さな舌打ちが聞こえた。

「あのオヤジ……。もっともらしいこと言って、肝心《かんじん》なことは知らないようなこと言ってたくせに……。おい、隠《かく》すようなことなのか？」

「そういうわけじゃないけど……」

ただし聞こえのいい話ではなく、つい口ごもってしまう。別に隠そうとか、黙《だま》っていようとか思ったわけではなかった。

しかし皓介は、そうは受け取らなかったようだった。

「何があったんだ？　弟か？」

見つめ下ろしてくる眉間《みけん》には縦皺《たてじわ》ができている。

「……どこまで聞いたわけ？」

「仲のいい、同じ年の血の繋《つな》がらない弟が、しつこくおまえを捜《さが》してる……ってところまで。阪崎はそうは言わなかったが、そいつはおまえをただ好きだったわけじゃないだろ？」

「どうして……」

驚《おどろ》きと共に景は目を瞠る。

聞いたわけではないらしいのに、どうして皓介にそんなことまでわかるのだろうか。

「興信所が、おまえと弟の写真を送ってきた。二人で写ってるやつだ。それ見るだけでわかるくらい弟は独占《どくせん》欲丸出しだったぞ。ほら、白状しろ」

肩を抱いていた手が背中を滑《すべ》って、腰《こし》を抱く。そうしてするりと、双丘《そうきゅう》の狭間《はざま》に指先を滑り込ませてきた。

「やっ……こ、皓介さん……」

撫でられるだけで、疼《うず》きがひどくなる。

すでに閉ざされてはいても、寸前までいっぱいに開かされていたところだ。指先で揉《も》まれれば、すぐに柔《やわ》らかく解《ほぐ》れ、腰がうねりそうになる。

「ん……っ」

「物欲しそうに、ひくついてるな」

囁《ささや》かれて、耳朶《みみたぶ》を噛《か》まれた。

たっぷりと予告をしておいて、指先はゆっくりと中へと入り込んでくる。まだ皓介の放ったものが残る内部は、なめらかに指の動きを受け入れた。

「あ、ぁ…っやぁ……」

「あの弟、おまえに惚《ほ》れてたんだろ？」

「こ……んなこと…しなくても……言うから……っ…」

景は皓介にしがみついて、ぐちゅぐちゅと中をかき回す指のあやしい感覚をやり過ごそうとした。

だが意識しないところで、そこは指を締め付ける。深く突《つ》き入れられて、そこからまた身体が溶《と》け出しそうだった。

「質問とは関係ない。これは、ただの続きだからな」

「そんな……んぁ…あっ……！」

「で？　弟がどうしたって？」

指を増やしながら甘く囁く皓介は、やはり意地悪なんじゃないだろうか。

景はこくりと喉《のど》を鳴らし、声を抑《おさ》えるようにして言った。

「す…好き、って……言われてた……」

「やっぱりな」

「な……何度も、だめだって……言ったけど、諦《あきら》めてくれなくて……」

顎《あご》にくちづけられて、舌で舐《な》められる。指は引き抜《ぬ》かれていて、どうやらまともに話をさせてくれる気になったとわかる。

「当たり前だ。俺だって、はいそうですかと諦めたりはしないな。かえってムキになるんじゃないのか……？」

そう、皓介の言うとおりだった。男同士だからとか、兄弟だからとか、そう言い聞かせても貴史は納得《なっとく》しなかった。

関係ない。兄弟とは言っても、血は繋がってない。

いつもそんなふうに一蹴《いっしゅう》された。

好きなんだと、怖《こわ》いほど真剣《しんけん》な目で言われた。だがそれだけなら、きっと逃《に》げ出したりはしなかっただろう。

最初に好きだと言われたころは、まだ二人の体格にさほど差はなかった。無邪気《むじゃき》な告白だと思っていた。

一過性のものだと思っていた。すぐに、他に好きな子ができるだろうと。

だが、貴史はいつまでも、景に好きだと言い続けたのだ。

日ごとに熱っぽく、そして言葉数が少なくなっていく貴史が怖くなった。景を見つめる視線が不穏《ふおん》なものになっていくのに、気づかないはずがなかった。

二人きりにならないようにと思っても、一つ屋根の下で暮らしていたのだ。いくらでも、機会はあった。

部屋には鍵《かぎ》が掛《か》からなくて、貴史は勝手に入って来たし、四六時中起きて、気を張っていることもできなかった。

抱きしめられたり、キスされたりということは、避《さ》けきれるものではなかったのだ。救いは、水橋の両親の部屋が近かったことだ。

身体の成長には、やがて目に見えて差が付いた。家を出る直前ごろは、もう貴史は景よりも五センチ以上も高くなっていた。

「犯されそうになったりしなかったのか……？」

「……それも……あったけど」

景は皓介の背中にしがみついて、その胸に顔を押しつけた。

すでに身体を好きにさせれば済むという問題ではなかったのだ。

貴史は何を買うにも一緒《いっしょ》についてきて、自分の好みのものを選んだ。当時の景の服や持ち物はすべて、貴史の趣味《しゅみ》だった。

綺麗《きれい》なだけで何もできないのだから、景は自分の言うことを聞いていればいいのだと。全部、いいようにしてやるから、お飾《かざ》りの社長になって愛玩《あいがん》されていればいいと、貴史は呪文《じゅもん》のように繰《く》り返した。

自分が削《けず》り取られていくようで、たまらなかった。

景の行動にいちいち目を光らせて、近づこうとする相手は、友達だろうがなんだろうが、攻《こう》撃《げき》的に排除《はいじょ》しようとした。景を誘《さそ》い出し、強引《ごういん》に手を出そうとしていた上級生をひどく殴《なぐ》りつけ、ひどいケガを負わせたこともあった。もっともそれは、理由が理由だけに相手も詳細《しょうさい》を知られたくはなかったようで、外で数人に絡《から》まれたことになってしまったが。

景を恋愛《れんあい》対象や性的な対象にする男が現れるたびに、貴史は自分が正しいのだと言った。景が男を惑《まど》わすのだと。

いつしか学校内で噂《うわさ》が立って、水橋兄弟はそういう関係だと囁かれるようになっていた。

貴史はそれを望んでいたように否定しなかった。それどころか、遠回しに肯定《こうてい》するようなことまで言っていたのだ。

景は貴史によって、学校でも孤立《こりつ》することになってしまった。

何もかもを自分のものにしようとする貴史を、それでも嫌《きら》いになれなかったのは、一途《いちず》に慕《した》ってくれていたのは本当だと知っていたからだ。

そのころ、阪崎とは疎遠《そえん》になっていて、景の味方は貴史しかいなかった。

だが、今は自信がない。

あの感情すらも、異常な事態の中での錯覚《さっかく》だったような気がしてならないのだ。はっきりとしているのは、貴史が怖くて仕方がなかったということだけだ。

だから、逃げたのだ。

長い話を黙《だま》って聞いていた皓介は、重い溜《た》め息をついて言った。

「おまえにとっては、弟でしかなかったんだな？」

頷《うなず》くと、ほっとした顔をした。

弟に恋愛感情は持てなかった。貴史はそういう対象にはならなかった。

キスされて、身体《からだ》をまさぐられて、欲情した貴史の目を見たときに、恐怖《きょうふ》が一気にふくれあがった。

「怖かったんだ……」

あの激しさから逃げ出したかった。景を縛《しば》り付けて自由を奪《うば》って、何もかも自分の思い通りにしなくては気が済まないことはわかっていた。

自分しか見ないあまりに、いつか取り返しのつかないことが起きそうな気がしてならなかったのだ。

「俺のせいで、貴史がおかしくなっていくみたいで……」

「おい」

いきなり顎を掴《つか》まれて、言葉を遮《さえぎ》られる。見つめてくる皓介の顔は、まるで怒《おこ》っているように真剣だ。

また自分は何か失言をしたのだろうか……?

「なんで、お前のせいなんだ?」

「だって……」

「弟に言われたことを真に受けてるのか?」

「あなただって、そう見えるって言ったじゃないか」

景が誘うからだと、そういう顔をしているのだと言われ続けてきたのだ。否定できるほどの根拠《こんきょ》を、景は持っていなかった。

皓介は溜め息をついて、景を抱《だ》きしめた。

「あれは……俺が悪かった。あれは言い訳だ。おまえが美人で色っぽいのは事実だが、惚れるのも欲情するのも相手の勝手だ。それ以外にあるか」

「皓介さん……」

「それにおまえは優秀《ゆうしゅう》だよ。綺麗な字で、まともな文章を書くし、よく気がつく。何もできないなんてことがあるか。世間知らずなのは、確かだけどな」

呪縛《じゅばく》が解かれていくような気がする。皓介の言葉は不思議なほどすんなりと、景の中に染《し》み込んでくる。

「でも、中学もまともに出てないし……」

必要な勉強だけはさせてもらったが、学歴はない。まともに働くことは、できないのではないだろうか。

「だったら、俺が雇《やと》う」

「え？」

「今すぐは無理としても、そのうち事務所に来い。俺が雇用《こよう》者なんだから、履歴《りれき》書なんかなくていいぞ」

冗談《じょうだん》みたいな口調を、真摯《しんし》な瞳《ひとみ》が裏切っている。

皓介は本気なのだ。本気で景みたいな得体の知れない人間を評価してくれている。たとえそれが慰《なぐさ》めだったとしても嬉《うれ》しくて、すぐには言葉が出てこない。

だから言葉の代わりに初めて自分からキスをした。

触《ふ》れるだけのつもりだったのに、皓介のほうが仕掛けてきて、深くて濃厚《のうこう》なくちづけに変わっていく。

「っは……」

冷めかけていた熱が、身のうちを焦《こ》がすのはすぐだった。

長いキスのあとで、皓介の唇《くちびる》が顎《あご》から喉《のど》へと伝い下りる。

「もう弟の言ったことなんか忘れろよ」

「……うん」

すぐには払拭《ふっしょく》できないかもしれないが、きっと大丈夫《だいじょうぶ》になる。

それは確信に近い予感だった。

「いつまでも、おまえがそんなガキの影《かげ》に怯《おび》えてるのは、気にくわないしな」

「でも……本当に、あいつは……何をするかわからないところがあるから……」

だから居所が知られないように気を付けていたのだ。強引に乗り込んできて、大暴れするくらいは、ためらいもなくしそうだからだ。

むしろ、それで済めばいいほうだろう。貴史はいきなり阪崎を警察に通報するくらいのことはしただろうから。

今だって、きっと皓介に迷惑《めいわく》を掛けてしまう。

「あなたが……ん、ぁっ……」

「なんだ？」

再び奥が指で探《さぐ》られる。もう一方の指は、胸の飾りをもてあそんでいた。

「あ……あなたが、考えてる……より、貴史は危ない……」

「それはそれだ。とりあえずおまえが二十歳《はたち》になるまでは分が悪いのは確かだからな。気を付けるとしても、おまえの頭の中をけっこうな割合で占《し》めてるっていうのが、気に入らないんだ。わかるか？」

「や…あぁっ……」

胸と後ろを同時にいじりまわされて、皓介が何を言っているのかよくわからなくなってくる。

意識が全部、快感に搦《から》め捕《と》られてしまって、言葉が素通《すどお》りしてしまう。

こんなときに……と思いながら、身体の中をうねるような快感をやり過ごした。

話すか、するか、どちらかにすればいいのに、皓介はどちらもやめようとしないのだ。

びくびくと震《ふる》える景の耳元で、景の好きな声が囁《ささや》いた。

「俺のことだけしか考えられないようにしてやるから、覚悟《かくご》してろ」

「も……無、理……」

「明日は休みだしな。俺はしつこいって言っただろうが。今までの分も、しっかり可愛《かわい》がってやらないとな。手加減はなしだ」

耳元で甘く囁くのは、ずるいと思う。

確かに前戯《ぜんぎ》も後戯も拒否《きょひ》していたけれど、皓介は聞きもしてくれないでさんざん景の身体をいじりまわしてきたのだ。今さらだった。

だけど——。

皓介になら、どうされてもかまわなかった。

「俺に抱かれるのは、好きだろ……？」

「……好き……」

「ずいぶん素直になってきたな。身体だけは、最初からやたらと正直……」

恥《は》ずかしくて聞いていられず、景は皓介の顔にピローを押しつけた。

真っ白なカバーが掛《か》かったフェザーピローが、ぼすん、という軽い音をさせて端整《たんせい》な顔を埋《う》める。

「おまえな……」

ピローが床《ゆか》に放《ほう》り出され、皓介がのし掛かってきた。

「重い、よ……っ」

「明日いっぱいベッドから出してやらないから、そのつもりでいろ」

「や……」

悲鳴はキスに飲み込まれた。

優《やさ》しいのかそうでないのかわからない男に抱かれ、景は荒《あ》れ狂《くる》う波の中になすすべもなく飲まれていった。

あとがき

こんにちは、きたざわ尋子《じんこ》です。ルビーさんでは五冊目、お話としては二つ目となります。今回はちょっぴり、エロっぽ……いや、色っぽい関係の二人を目指してみたつもりなんですが、いかかでしょうか……？目指すのは自由なので、どう思われたとしてもそこは一つ大目に見てやってくださいますようお願いします。

今回、皓介の暮らしているホテルは、都内某《ぼう》ホテル二つがモデルです。都合のいいところを取ってあわせた感じ。

最近は都内に次々と新しいホテルがオープンして楽しい限りです。旅館も好きだけど、ホテルも好きなんですよ。家にいるより、仕事も進むし……。つまり、単なるお泊《と》まり好きなんですが。

この話を書くときも、「取材をする！」という理由をこじつけて、モデルの一つにしたホテルで、楽しく過ごしてきました。

いやでもそれより楽しくて嬉《うれ》しくて仕方ないのは、イラストです！

陸裕千景子《りくゆうちかこ》様の描《か》いてくださった皓介と景があまりにも素敵《すてき》で、キャララフをいただいたときから、出来上がりをわくわくして待っておりました。それだけでも十分に嬉しいというのに、中のイラストもたくさん描いてくださっていて、ありがとうございます！　もーっ嬉しくて仕方ないです！　だって綺麗《きれい》だし〜っ。皓介格好いいし、景が綺麗で可愛《かわい》いしーっ。すっごく色っぽいし！

担当さんが流してくれたFAXを見たとき、「あの、十枚以上流れてきたんですけど……」と、何かの間違《まちが》いではないかと言わんばかりに、おそるおそる尋《たず》ねてしまいました（笑）。サービスですか？　サービスですね！　それとも何かの（何かはわかりませんが）ご褒美《ほうび》ですかっ？

イラスト増量を打診《だしん》してくださった担当さんにも感謝です。

そしてそして、この本を読んでくださった皆様《みなさま》にも、大感謝を捧《ささ》げます。

この話の続きがまた出ますので、よろしくお願いします。次回は、話にだけちらりと出てきた弟が……！（ほんのちょっとだけ予告）。

きたざわ尋子

ひそやかな微熱《びねつ》
きたざわ尋子《じんこ》

角川ルビー文庫 R80-5　13066

平成15年9月1日　初版発行

発行者――井上伸一郎
発行所――株式会社角川書店
東京都千代田区富士見2-13-3
電話/編集(03)3238-8697
営業(03)3238-8521
〒102-8177　振替00130-9-195208
印刷所――暁印刷　製本所――コオトブックライン
装幀者――鈴木洋介

ISBN4-04-446205-4　C0193　定価はカバーに明記してあります。

KADOKAWA RUBY BUNKO

角川ルビー文庫

いつも「ルビー文庫」を
ご愛読いただきありがとうございます。
今回の作品はいかがでしたか?
ぜひ、ご感想をお寄せください。

〈ファンレターのあて先〉

〒102-8177 東京都千代田区富士見2-13-3
角川書店 アニメ・コミック編集部気付
「きたざわ尋子先生」係

ルビー文庫
きたざわ尋子
――いい子にしてろと言っただろう?
郁海が弁護士の加賀見に強引に連れて行かれたのは、山奥の別荘で……!?
身勝手なくちづけ
MIGATTENA KUCHIDUKE
イラスト／佐々成美

ルビー文庫
ナイトはお熱いのがお好き♥
南原兼
KEN NANBARA
母が他界し天涯孤独の九条晶の前に
突如あらわれたのは
若き助教授・三千院夜人だった！

ルビー文庫
井村仁美
皇林学院シリーズ第4弾!!
生徒会長の甘いワナ
皇林学院シリーズ